Petits
Contes
diaboliques

Landry Miñana

~ 1 ~
Le briseur de rêves

« L'imagination et le rêve ont ceci en commun qu'il existe quelque chose de magique en eux et il suffit de si peu de choses pour que naisse un univers fabuleux propre à tout homme. Chaque rêve est un bout d'âme et chaque âme a besoin de rêves. Ainsi, briser un rêve c'est comme arracher un morceau d'âme... »

Tel était le thème de la dissertation du jour et il n'avait pas l'air d'inspirer grand monde. Un silence de cimetière planait au-dessus des petites auréoles ce qui n'était pas du goût des maîtres d'autant que l'exercice comptait pour l'examen final. Aussi, au bout d'un moment qui parut une éternité, le grand maître crut bon de préciser qu'il fallait parler de sa propre expérience. Cependant aucun ange n'avait encore eu l'occasion d'expérimenter sur le sujet et *Lucifer* osa en faire la remarque. Et tout ce qu'il redoutait arriva par la suite ! Le grand maître réfléchit quelques instants suite à son intervention puis décréta une séance de travaux pratiques chez les humains. Depuis des lustres, ces séances de travaux pratiques consistaient à envoyer les petits anges un peu partout sur la Terre, sous des apparences très diverses, au sein de familles d'humains. Et ça *Lucifer* le détestait ! Il pouvait prendre l'apparence d'un homme, ou d'une femme, d'un garçon, d'une fille ou d'un bébé voire même d'un animal. Il ne pouvait pas choisir ! Il ne choisissait pas non plus, là où il devait atterrir... Seul le maître déterminait les destinations et les apparences. Il aurait bien voulu, lui, décider de son apparence et de sa destination, il aurait été mieux préparé et donc plus efficace ! Mais non, il en était autrement. Dans un brouhaha d'excitation, les petits anges se mirent en rang et passèrent les uns après les autres sous le grand portail. À chaque passage, le gardien de la porte notait la destination de l'élève sur son grand livre puis grommelait quelque chose entre ses dents supposé informer le petit ange de sa nouvelle apparence et de sa mission. Puis l'élève disparaissait. Le problème était que le vieux gardien ne connaissait que l'araméen et cette langue n'était plus parlée, ni enseignée depuis plus de 3 000 ans. Aussi personne ne comprenait jamais rien à ce qu'il disait, ni ne savait vraiment s'il comprenait lui-même quelque chose à ce qu'on lui demandait. Ainsi lorsque ce fut le tour de *Lucifer*, celui-ci ferma très fort les yeux et ne voulut plus les ouvrir avant d'arriver sur Terre.

Mais, au bout de quelques minutes, il entendit une petite voix qui lui susurrait des mots à l'oreille. Pensant encore à un mauvais tour de l'un de ses camarades, *Lucifer* ne bougea pas. La petite voix recommença et cette fois-ci le petit ange comprit qu'on lui demandait s'il souhaitait du sucre dans son thé !

« Du thé ? Mais qu'est-ce donc ? » se demanda-t-il.

La curiosité eut raison de lui et il ouvrit un œil, puis deux. Un flot de lumière l'empêcha tout d'abord de discerner le lieu où il se trouvait, mais sans doute, il était encore au Paradis. Peu à peu ses yeux s'habituèrent et il comprit qu'il était dans une maison, au milieu d'une pièce qui devait être certainement le salon ou la salle à manger. Un peu plus loin, un groupe d'humains discutait autour d'une grande table en buvant quelque chose de chaud que le petit *Lucifer* ne connaissait pas, mais dont l'odeur lui chatouillait agréablement les narines. La petite voix se fit entendre à nouveau et *Lucifer* voulut, cette fois, savoir qui lui parlait. À coté de lui, une petite fille aux boucles dorées lui souriait de ses grands yeux verts tout en lui tendant aimablement un petit ramequin rempli de morceaux de sucre roux. Le petit ange n'avait jamais vu ni goûté une telle chose, aussi il préféra être prudent et refusa poliment la proposition. Cependant la petite fille se montra insistante tout en restant gentille tant est si bien que *Lucifer* prit un sucre et le glissa dans la bouche. Le parfum qui se dégagea alors le ravit et il voulut immédiatement en reprendre un autre lorsqu'une grande personne le souleva brusquement pour le prendre dans ses bras et lui essuyer la bouche. Eh oui, il ne l'avait pas remarqué au début, mais il semblait être lui-aussi une petite fille de cinq ou six ans tout au plus. En tout cas, c'est ce qu'il devina lorsqu'il aperçut son reflet dans un miroir de la pièce. Le maître aurait pu quand même lui donner l'apparence d'un petit garçon ! *Lucifer* n'avait absolument rien contre les filles, mais ce qu'il détestait c'était ce qu'elles portaient ! Les robes ! Quelle horreur ! Il les trouvait fort peu pratiques et même franchement très incommodantes. Ça se soulève quand vous ne le voulez pas, il est impossible de marcher avec, c'est trop court ou bien trop long, et vous marchez dessus sans arrêt... et ne parlons pas de la bêtise des garçons !

En observant plus attentivement la décoration de la maison, il comprit qu'il devait se trouver au vingtième siècle ce qui le rassura, quelque peu. En effet, sa dernière escapade chez les humains au plus sombre du Moyen-Âge lui avait laissé un goût plutôt amer. Il paraît même qu'une fois, le vieux gardien de la porte s'était trompé et avait envoyé un ange au milieu des dinosaures, bien avant l'apparition de l'homme sur terre. Alors le vingtième siècle, c'était parfait pour lui !

La grande personne le reposa à côté de sa petite camarade puis reprit sa place à la grande table parmi les autres adultes.

La petite fille avait organisé une collation pour imiter les grandes personnes. Elle avait placé sur une table minuscule, trois petites tasses et au milieu une assiette en carton contenant quelques biscuits. Une poupée magnifique aux longs cheveux noirs fixait de ses immenses yeux bleus l'assiette de gâteaux. La robe qu'elle portait aurait fait pâlir de jalousie toute l'aristocratie de la vieille Europe. Non loin de là, des morceaux de papier cadeau jonchaient le sol laissant deviner que la poupée devait avoir été offerte, le jour même.

Lucifer s'amusa beaucoup de voir la petite fille agir en maîtresse de maison, distribuer les biscuits et faire la conversation à sa poupée. Aussi, eut-il envie de se prendre au jeu et commença lui-aussi à participer aux débats. Entre deux distributions de biscuits, la fillette parlait de sa rencontre avec le prince et que celui-ci l'emmènerait certainement danser au bal de la Reine. Sa demoiselle d'honneur, la poupée aux cheveux noirs, pourrait danser avec le grand Duc qui était un fort bel homme. Au fur et à mesure que la petite fille racontait ses histoires de bals et de princesses, *Lucifer* se sentit glisser lentement dans un autre univers. Petit à petit, il se retrouva dans une immense pièce baignée de lumière. La décoration y était somptueuse et une joyeuse musique envahissait tout l'espace en vous donnant des envies folles de danser. Il y avait foule, des jeunes gens aux toilettes impeccables, tous aussi beaux les uns que les autres, virevoltaient sur des rythmes parfois endiablés ou tenaient des conversations très douces au bord de la piste de danse. Ils étaient certainement à présent dans l'un des fabuleux châteaux dont lui avait parlé sa petite camarade. Il y avait bien un trône au milieu de la pièce mais celui-ci était vide. Sans doute que « Sa Majesté » n'avait pas pu se libérer, lui avait soufflé sa petite compagne à côté de lui. Elle avait changé et était à présent plus grande et richement vêtue. Elle donnait le bras à une magnifique demoiselle aux longs cheveux noirs et aux immenses yeux bleus qui n'arrêtaient pas de le dévisager, au point qu'il en fût fortement ému. Tout de suite la demoiselle les entraîna dans un petit salon bien confortable aux tentures de velours pourpres. Ils s'installèrent alors tous les trois à la table où on leur servit une boisson si délicieuse qu'il était impossible de ne pas en reprendre une goutte. La demoiselle aux immenses yeux bleus fascinait *Lucifer* qui se surprit lui-même, d'ordinaire si timide, à entamer la conversation. Les mots qu'elle prononçait, étaient une douce mélodie aux oreilles du petit ange et ce moment passé tous les trois dans ce merveilleux château était un véritable bonheur. *Lucifer* voulut connaître le nom de la jeune fille mais au moment même où il se risqua à lui demander, la lumière se fit subitement si aveuglante qu'ils durent fermer les yeux. Puis la musique disparut d'un coup !

En ouvrant les yeux à nouveau, ils comprirent immédiatement qu'ils étaient de retour dans le salon. La minuscule table était toujours là mais un jeune garçon était debout devant eux, le sourire moqueur et arrogant, la bouche pleine des biscuits qu'il venait de chiper dans l'assiette en carton. Il tenait dans les mains la belle poupée brune et jonglait avec elle comme avec un vulgaire bâton. La petite fille fixait sa poupée, l'air impuissant et une larme coula sur sa joue. *Lucifer* explosa et hurla qu'il fallait la lui rendre immédiatement.

Le jeune garçon, trop jeune ou trop stupide, dit qu'il fallait avant, assister à un tour de magie. Tout à coup, il empoigna la tête de la poupée et l'arracha violemment dans un « TADA » magistral ! *Lucifer* en perdit la voix et la petite fille pleura toutes les larmes de son corps. Le garçon sentit alors l'effroi lui remonter le dos à l'idée qu'un adulte puisse intervenir. Aussi dans un nouveau « TADA » tout aussi magistral, il replaça la tête de la poupée sur son tronc et la jeta au sol avant de s'enfuir en ricanant. La petite fille serra très fort la poupée contre son cœur et *Lucifer* ne put s'empêcher de les prendre toutes les deux dans ses bras.

Au bout d'un long moment, *Lucifer* pensa qu'il était temps de reprendre les conversations mondaines, histoire d'oublier ce mauvais moment. Et puis, il avait l'espoir de retrouver cette belle jeune fille aux yeux immensément bleus. Il proposa alors à la petite fille, le dernier petit biscuit que le garçon avait oublié de manger, en racontant qu'il fallait se dépêcher car le bal n'allait pas tarder à se terminer. Petit à petit les conversations reprirent et, au fur et à mesure que leurs sourires revenaient, ils se transportèrent dans la grande salle des bals du château. Cependant il n'y avait plus de musique et tout le monde avait disparu. Le feu dans la gigantesque cheminée était éteint et seules quelques braises fumaient encore.

Lucifer courra alors vers le petit salon feutré en entraînant sa jeune camarade. Mais, en arrivant près des tentures de velours, ils aperçurent la belle jeune fille aux cheveux noirs complètement figée comme gravée dans le marbre. *Lucifer* l'embrassa sur la joue tandis que la petite fille lui prit la main. Mais la poupée resta désespérément immobile et silencieuse. Ses yeux bleus avaient perdu de leur éclat et la vie ne semblait plus l'habiter. Jamais *Lucifer* ne connaîtrait son nom et cela le bouleversa au plus profond de son âme céleste.

Un sentiment étrange et inconnu l'envahit alors subitement. Il fut immédiatement propulsé dans la maison. Il eut d'abord très peur de ce sentiment bizarre mais petit à petit, le petit ange se surprit à l'apprivoiser et même à y prendre goût... Quelque chose brûlait en lui et le poussait à faire ce qu'il estimait être juste.

Il rappela alors le jeune garçon en lui demandant de refaire son tour de magie... Surpris et soulagé que sa bêtise n'eût pas plus de conséquences auprès de ses deux petites cousines, il revint joyeusement à la table en arborant un détestable sourire. *Lucifer* plongea alors ses yeux dans ceux du jeune garçon si profondément que celui-ci se sentit comme pétrifié et incapable du moindre mouvement. Tout à coup, ils furent projetés au château. La grande salle des bals était toujours là, tout aussi joyeuse et animée que tout à l'heure. Les invités s'amusaient et dansaient follement au gré de la musique, ce qui parut plutôt plaire au jeune garçon qui finalement semblait très heureux de se trouver là... *Lucifer* lança alors un « Nous voici, Majesté ! » et la musique s'arrêta comme par enchantement. Les gens s'immobilisèrent et se mirent alors à les dévisager tous les deux tout en chuchotant. Le sourire moqueur du garçon céda rapidement la place à une expression plus gênée. Mais en entendant la voix de sa petite cousine lui demandant de s'approcher, son détestable sourire reprit à nouveau sa place sur le visage. *Lucifer* le poussa alors vers le trône et les gens s'écartèrent progressivement sur leur passage.

La Reine était là, assise sur un fauteuil doré et magnifique dans sa robe noire couverte de diamants étincelants. À sa droite se tenait la petite cousine tandis qu'à sa gauche, la poupée aux yeux vides restait inerte. La Reine s'adressa alors au jeune garçon, l'air sévère, en lui demandant de s'expliquer sur sa conduite. Le jeune ne comprit tout d'abord absolument rien à ce qu'on lui reprochait puis lorsqu'on l'informa qu'il avait tué une poupée, il éclata de rire.

La souveraine ne fut pas surprise de sa réaction, aussi elle lui annonça très calmement que sa punition serait de subir le même sort que sa petite victime. Le garçon rigolait de plus belle mais cette franche rigolade se glaça lorsque qu'il vit la poupée reprendre vie. Celle-ci se mit à grandir et à grandir tellement qu'elle mesura au moins trois fois la taille d'un adulte. Quand elle s'arrêta de grossir, ses yeux prirent une couleur rouge comme le sang. Elle avança alors la main et saisit la tête du garçon tout en affichant un sourire qui en disait long sur le plaisir qu'elle allait avoir à le faire souffrir. Puis elle tira très lentement afin que le jeune garçon puisse sentir les os de son cou craquer sous la pression sans pouvoir rien faire... Puis plus rien ! Le jeune garçon se retrouva dans la maison, les yeux toujours rivés à ceux du petit ange qui lui lança alors un « TADA » victorieux. Le cousin était tétanisé et n'osait plus bouger. *Lucifer* lui glissa alors doucement à l'oreille que tant qu'il ne connaitrait pas le nom de la poupée, ce rêve le hanterait toutes les nuits de son existence.

De retour en classe, *Lucifer* eut beaucoup d'idées à mettre dans sa rédaction. Cependant l'histoire ne dit pas ce que fut sa note, ni si ses professeurs le disputèrent. Pourtant on remarqua par la suite que plus jamais le jeune garçon ne voulut s'approcher d'une poupée, ni même n'alla embêter ses cousines. La petite fille, quant à elle, continua à jouer à la poupée, manger du sucre roux et à danser avec son chat aux bals de la Reine. Mais jamais elle ne prononça le nom de la poupée aux cheveux noirs et aux yeux plus beaux que l'océan.

~ 2 ~
Crise d'ado

Lorsqu'il était jeune, comme tous les autres bons petits anges, *Lucifer* allait à l'école. Bien sûr ce n'était pas n'importe quelle école. C'était une école très spéciale, on y apprenait plein de belles choses intéressantes comme les miracles de la vie et de la nature, l'alchimie, mais aussi des choses plus ennuyeuses qui barbent encore les élèves aujourd'hui : la grammaire, la littérature – des gros livres, si pénibles à lire et écrits en si petits caractères – et les maths. *Lucifer* n'était pas un mauvais élève, loin de là, c'était même le premier en classe et cela lui attirait les railleries de ces camarades. En plus, il adorait s'installer à côté du poêle à bois tant il affectionnait la chaleur, et ça n'arrangeait pas ses affaires avec les autres élèves qui en rajoutaient davantage.

Cependant, *Lucifer* n'était pas ange à répliquer et tendait volontiers l'autre joue, bien qu'au fond de lui cela le rendait très triste. Il aurait bien aimé que les choses changent et, qu'enfin, ses petits camarades deviennent des amis. Les professeurs ignoraient le problème ou faisaient mine de ne rien voir, pensant certainement qu'il s'agissait de bêtises d'enfants et, que de toute façon ses notes étaient toujours les plus hautes, alors ça ne devait pas avoir d'impact sur lui.

Puis les siècles passèrent – ici l'école dure des siècles – et *Lucifer* resta de plus en plus seul, de plus en plus déprimé ! Son seul ami était son « poêle chéri » au fond de la classe avec lequel il passait le plus clair de son temps. La chaleur lui faisait tellement de bien qu'il finissait par oublier tous ses problèmes et parfois il s'endormait en classe en rêvant à un monde où tout le monde serait gentil avec lui.

Le temps fila encore, *Lucifer* grandit et entra au lycée où il choisit de séjourner à l'internat. Il pensait qu'ainsi il aurait plus de chance de se faire des amis. Mais ce fut tout le contraire, c'était même de pire en pire. On le traitait d'intellectuel, de chouchou de la classe, de fayot, de rapporteur et personne ne voulait s'asseoir à côté de lui en cours. À la cantine ce n'était guère mieux. Il n'était pas rare qu'il trouvât dans son repas quelques insectes écrasés ou d'autres choses innommables et que pour le dessert, il ne reçoive à chaque fois une pluie de petits suisses sortis d'on-ne-sait-où, lorsqu'ils figuraient au menu. Le soir dans la chambrée qu'il partageait avec un autre ange, c'était la croix et la bannière pour utiliser la salle de bain. Son colocataire passait des heures et des heures dans la salle de bain à se choyer, s'admirer, se pomponner, lui interdisant par là-même, l'accès aux toilettes. *Lucifer* avait bien essayé de négocier et même de demander dans les autres chambrées. Mais partout c'était le même cirque. Tous les anges semblaient bien plus préoccupés d'eux-mêmes et de leur apparence que de l'urgence de *Lucifer*. Qu'avaient-ils tous ? Était-ce une maladie du lycée ? Il n'était donc pas rare, qu'à force de ne plus pouvoir se retenir, il arriva ce qu'il arrive lorsqu'on n'en peut plus. Toutes ses tenues avaient été souillées et les tâches sur le blanc des tuniques se voyaient comme le nez au milieu de la figure. Quelle drôle d'idée de confectionner des tenues blanches pour les enfants alors que tout le monde sait très bien que le blanc est très salissant ! Bien évidemment, ses camarades l'avaient remarqué et lui collèrent une réputation de « gros crado ». Cette fois, c'en était fini, plus personne ne s'approcherait de lui. Ses professeurs commençaient même à se poser des questions à son sujet car comme dit le dicton, « il n'y a pas de fumée sans feu ».

Lucifer décida alors que ce n'était pas quelques tâches qui allaient compromettre ses chances de se faire des amis. Aussi réunit-il toutes ses tuniques et décida de les laver lui-même à la buanderie. Et pour être bien sûr que les tâches partent, il utiliserait des cristaux de soude. Le seul petit problème était qu'il ne savait pas où trouver les fameux cristaux. Son camarade de chambrée l'avait bien entendu gémir plusieurs jours se lamentant de ne pas trouver le produit miracle et las de l'entendre, il lui offrit une grande boîte remplie de poudre blanche. *Lucifer* était tellement heureux qu'il l'embrassa et fila aussitôt laver tout son linge. Tout y passa : la boîte tout entière d'abord, puis slips, chaussettes, tuniques, pull-overs et t-shirts. Il attendit donc, tout nu, devant la grosse machine à laver la fin du cycle de lavage. Mais une fois le programme terminé, quelle ne fut pas sa surprise ! Catastrophe, tout son linge était devenu rouge ! Et ce n'était pas quelques auréoles par-ci par-là, non ! Un rouge vif et violent couvrait maintenant tous ses vêtements. En guise de cristaux de soude, son camarade de chambre lui avait fourni de l'oxyde de cuivre associée à de la cramoisine peinte en blanc... Le pauvre *Lucifer* passa toute la nuit à laver, relaver, blanchir et reblanchir son linge, mais rien n'y fit, les vêtements demeuraient désespérément rouges de chez rouge. *Lucifer* était tellement furieux et déçu d'avoir été abusé de la sorte qu'il devint aussi rouge que sa tunique. C'en était trop ! Trop et trop et trop !

Cependant sa bonne éducation lui interdisait de se venger bien qu'il en mourait d'envie. Aussi il décida de voir le côté positif de la chose. Après tout, ici tout est blanc ! C'en est lassant, un peu de rouge mettra de la gaieté dans cet endroit, se disait-il !

Le lendemain matin ce fut l'effroi dans le lycée. Personne n'avait jamais osé remettre en question la couleur de l'uniforme maison. Et étant donné que tout était blanc, *Lucifer* était devenu le centre de l'univers et surtout le sujet principal de toutes les conversations. Cette fois, ce n'était plus les élèves de sa classe mais tous les élèves du lycée qui se moquaient de lui. C'était un vrai calvaire ! De honte, il voulut se réfugier dans les toilettes, là où personne n'irait le chercher. Pas de chance, partout il y avait des anges malades en train de se pomponner, se parfumer, se recoiffer, se faire tout beaux devant les miroirs. Un spectacle à vomir… et bien sûr impossible de pouvoir espérer atteindre la cuvette des WC.

Le directeur et les professeurs cherchèrent dans tous les textes sacrés qu'ils trouvèrent quelque chose qui interdisaient le port du rouge. Mais ils ne dénichèrent absolument rien ! De toute l'histoire de la création, jamais personne n'avait imposé le blanc. La couleur s'était donc imposée d'elle-même. Ils étaient vraiment embêtés. Ce rouge si violent choquait au milieu de tout ce blanc immaculé, et surtout, ils ne voulaient pas que cela fasse un précédent. Aussi ils décidèrent de punir le jeune *Lucifer* et faire de lui un exemple afin qu'aucun autre ange n'eût l'idée saugrenue de porter autre chose que du blanc.

On installa donc à grande hâte un conseil de discipline au cœur même du lycée. Et pour que cela fasse encore plus d'effet, on convia tous les élèves à y assister. Il y eut une foule immense d'anges tout aussi curieux les uns que les autres. Ce n'était plus un conseil, mais un tribunal, pire un lynchage en bonne et due forme.

Devant tout ce monde, le pauvre *Lucifer* se sentit vraiment tout petit. Il était si intimidé qu'il ne pouvait plus parler ; il se contentait de hocher la tête à chaque fois qu'on s'adressait à lui. Et bien sûr, il n'y avait personne pour prendre sa défense.

On lui demanda alors ce qu'il aimait le plus en ce monde. *Lucifer* était bien embêté, mais après quelques instants de réflexion, et comme il ne savait pas mentir, il balbutia une réponse. Tout le monde comprit que ce qu'il aimait le plus au monde c'était « son poêle chéri », son seul ami, et tout le monde se moqua à nouveau.

Le conseil fut alors lui-aussi très ennuyé car la punition qu'il envisageait était de le priver de ce qu'il aimait le plus au monde mais là, c'était franchement ridicule. Aussi comme à l'origine il était question d'un problème de linge, le conseil le condamna à cinq siècles de nettoyage. Il devait, après les cours, se rendre tous les jours à la buanderie pour y nettoyer les vêtements de tout le monde, avec défense absolue de mettre dans la lessive autre chose que la poudre qu'on lui fournirait. Ensuite, et pour être certain que tout le monde le voit, à chaque récréation, il devait se rendre dans les toilettes communes et les nettoyer... Et comme il aimait tellement la chaleur, on lui confia la responsabilité de la chaudière générale c'est à dire qu'il devait veiller à ce que jamais le feu s'éteigne.

Des trois punitions, la dernière était de loin la plus divine, et il passa toutes les nuits dans la douce chaleur de la chaudière, ravi !

Le nettoyage des vêtements dans la buanderie ne le gênait pas. C'était un travail comme un autre, ni dégradant, ni valorisant et tellement nécessaire. Mais le nettoyage dans les toilettes c'était autre chose. Elles n'étaient jamais libres ! Il y avait toujours un ange, terriblement malade, qui encombrait les miroirs pendant des heures de sorte qu'il lui était impossible de nettoyer les glaces. Le surveillant général l'avait constaté et *Lucifer* fut contraint de revenir le soir pour finir son travail à chaque fois que la vitre serait sale. Il détestait ça, c'était tellement injuste. C'était autant de temps qu'on le privait de sa chaudière chérie, son seul moment de douceur. Il devait absolument trouver un moyen, une astuce, un sort peut-être pour que les anges libèrent la place et qu'il puisse, enfin, nettoyer les miroirs.

Un jour, il attendit dans les toilettes qu'un ange se présente. Il n'eut d'ailleurs pas longtemps à attendre avant qu'un ange maigrelet et nonchalant ne vienne se planter devant le miroir comme un poteau télégraphique. Il se contorsionnait et grimaçait tellement devant celui-ci pour percevoir tous les coins de son visage qu'on eût cru à un numéro de cirque. Au bout de quelques minutes, *Lucifer*, lui dit alors qu'il existait une maladie, très courante à son âge, qui survenait à chaque fois que l'on restait trop longtemps devant un miroir. L'ange éclata de rire et continua sa gymnastique de contorsionniste. *Lucifer* poursuivit et lui annonça qu'à chaque minute qu'il passerait à se regarder, un horrible bouton rouge pouvait apparaître sur sa figure. Il ajouta même que le rouge étant interdit ici, il risquait fort de lui arriver la même chose qu'à lui, c'est à dire nettoyer les toilettes pendant des siècles. L'ange continua ses occupations en ignorant les avertissements de *Lucifer* puis soudain il poussa un hurlement. Un minuscule bouton rouge était apparu sur son visage, puis un autre, puis encore un autre, cela ne s'arrêtait pas. L'ange n'en crut pas ses yeux et de peur d'en voir d'autres, s'enfuit à tire d'aile dans les couloirs en poussant de grands cris horrifiés et jurant qu'il était pestiféré. Alertés par le bruit, d'autres anges se rendirent dans les toilettes afin de vérifier qu'ils n'avaient rien. Mais hélas, cent fois hélas, chaque ange qui se présenta devant le miroir put apercevoir sur son visage une nuée de petits boutons rouges qui l'enlaidissaient. Curieusement, depuis ce jour, *Lucifer* n'eut plus jamais de problème dans les toilettes qu'il s'agisse de les nettoyer ou de faire ce chacun fait dans ce lieu.

Par contre l'histoire ne s'arrête pas là ! Comme les anges avaient l'habitude de rendre visite régulièrement aux humains, pour ces stages pratiques, cette étrange maladie se propagea à toute l'humanité. Aussi, il n'est pas rare aujourd'hui, alors que des siècles ont passé depuis cette histoire, que les humains aperçoivent ces petits boutons à chaque fois qu'ils passent devant un miroir. Tous les humains ? Non ! Bizarrement, cette maladie n'affecte que les adolescents, qui à cette période de leur vie d'humain, passent beaucoup de temps dans la salle de bain.

Ce qui n'est pas dit, par contre, c'est qu'aujourd'hui encore, personne ne sait pourquoi la maladie se manifeste. Est-ce en regardant le miroir que les boutons apparaissent ou bien est-ce parce que les boutons apparaissent que les hommes passent du temps devant les miroirs ? Mystère... Mais je suis certain d'une chose, *Lucifer* connaît la réponse... mais il ne dira rien, c'est sûr !

~ 3 ~
# La fontaine de la vérité

À Rome, il y a environ deux mille ans, existait un magnifique jardin qui jouxtait le grand Autel d'Hercule – *Aedes Pompeiana Herculis*. Ce jardin était un véritable enchantement pour les sens et demeurait vert et accueillant en toute saison. Par tout temps, il faisait bon s'y promener et les nombreux recoins qu'il recelait en faisaient le bonheur de tous les jeunes amoureux. Que l'on y restât cinq minutes ou des heures entières, les tourments semblaient s'envoler et c'est le cœur léger et heureux qu'on le quittait.

Au beau milieu de cet enchantement, il y avait là un petit banc de pierre. Cependant, à la vue de tous, aucun couple ne s'y asseyait. Seul un jeune homme restait assis de longues heures à chaque *dies nefasti* – c'est à dire chaque jour férié pour les romains – à observer et écouter les promeneurs.

Les gens parlaient, racontaient des histoires, rapportaient des ragots, mentaient aux autres, ou se mentaient à eux-mêmes... Ce qui l'intriguait le plus, en dépit de ne pouvoir percer les secrets de l'amour, c'était le grand nombre de choses que les couples se promettaient... L'un s'engageait pour un amour éternel, l'autre faisait miroiter richesses et opulence, un autre encore la gloire et la célébrité et bien d'autres choses encore, quand ils ne trichaient pas non plus sur leur condition ou leurs désirs... Beaucoup de mots et de promesses de part et d'autre, sans que personne ne puisse jurer de leur sincérité, ou même d'être certain d'y trouver une once de vérité... C'est ainsi que les couples se faisaient ou se défaisaient, parfois dans le drame et souvent dans les pleurs.

Ce lieu était presque idyllique mais pour dire la vérité, pour être parfait, il ne lui manquait que la fraîcheur de l'eau qui coule avec un doux clapotis mélodieux. C'est ainsi qu'un beau jour apparut miraculeusement une fontaine à l'endroit même où se trouvait le petit banc de pierre sans que personne ne puisse dire qui l'avait fabriquée, ni comment elle était arrivée là. Une statue de marbre blanc à l'effigie d'un Hercule flamboyant – cet homme de toutes les vertus – se dressait majestueusement au milieu d'un bassin très simple qui ne gâchait pas la beauté de l'endroit, bien au contraire. Une eau claire et limpide jaillissait de la bouche et des yeux d'Hercules qui en tombant dans le bassin laissait entendre un doux murmure envoutant. La qualité de la sculpture était sans pareil. Les cheveux semblaient si réels qu'on avait envie de les caresser tant ils semblaient doux et soyeux. La barbe fine et parfaitement taillée mettait en valeur une bouche dont les baisers auraient conquis n'importe quelle femme sur Terre. Quant à l'expression de son visage, il inspirait une telle grâce et une telle sérénité, qu'il en devenait presque indescriptible.

Une fresque finement sculptée sur le tour du bassin, représentait les aventures d'Hercule et on pouvait y lire en latin « *Absit reverentia vero* » – Ne craignons pas de dire la vérité.

Le jeune homme se tenait là, assis sur le bord du bassin, tout en caressant l'eau du bout des doigts et semblait attendre quelque chose ou quelqu'un.

Au bout d'un petit moment, il vit un jeune couple qui se dirigeait vers lui. Ils devaient avoir guère plus de trente ans et riaient très bruyamment. À leurs vêtements il pouvait aisément deviner qu'ils devaient appartenir à une riche famille patricienne.

En arrivant près de la fontaine, l'homme voulut s'y désaltérer. Mais au moment même où celui-ci recueillait un peu d'eau au creux de sa main, le jeune homme s'interposa et lui parla en ces termes...

— Prends garde mon ami, cette eau provient de la bouche même d'Hercule ! Aussi après en avoir bue, tout le jour et la nuit suivante, il te faudra dire la vérité en toute chose et en toute heure, et rien ne pourra t'en empêcher !

L'homme éclata de rire en arguant que ce genre de superstition n'avait pas de prise sur lui et que de toute façon il n'avait aucun secret pour personne. Et pour mieux le prouver ou par bravade, il but jusqu'à plus soif... La jeune femme n'avait rien dit jusque là, observait son compagnon. Une drôle de lueur apparut dans ses yeux et on devina qu'elle brûlait de savoir si la magie de cette fontaine était bel et bien réelle.

Aussi après quelques minutes, elle lui demanda simplement ce qu'il pensait de sa cuisine. L'homme se trouva confus et ne voulut pas répondre. Elle insista mais celui-ci se borna à se taire, on ne sait pourquoi. Cependant elle voyait bien qu'il luttait contre lui-même. Elle insista encore une fois et ce fut une avalanche de reproches qu'elle reçut en guise de réponse. D'abord elle entendit que sa cuisine était tellement infâme que même les cochons s'en détournaient ! Puis il lui reprocha ses attitudes, ses caprices, puis ses vêtements, ses dépenses, ses fréquentations... Tout y passa, même la belle famille ! Rien ne semblait arrêter ce flot continu de critiques, d'accusations et réprimandes. Puis quand tous les thèmes furent épuisés, il y eut un long silence durant lequel on eût dit qu'il flottait comme une odeur nauséabonde. L'homme semblait épuisé tant il devait avoir lutté contre lui-même pour ne rien dire tandis que la femme était en pleurs.

Soudain, la femme, contre toute attente, se mit à boire elle aussi l'eau de la fontaine à grandes rasades. Et bien sûr, quelques instants plus tard, on put entendre une pluie de « compliments » sortir de sa bouche. À son tour, elle lui reprocha son infidélité, son insouciance et son penchant pour la boisson... puis sa laideur et plein d'autres choses qui pour certains auraient pu être des détails insignifiants mais qui, ici, prenaient une dimension infernale. Une fois l'orage passé, elle s'enfuit en pleurs, rouge de honte et de colère, poursuivie par son compagnon dans le même état.

— Eh bien, en voilà deux pour qui cette eau est profitable, pensa le jeune homme en affichant un visage satisfait... Ce pauvre couple aurait été des plus malheureux.

Un enfant et sa mère arrivèrent alors à la fontaine. L'enfant ou plutôt le petit garçon qui avait beaucoup couru, avait manifestement très soif. Cette fois le jeune homme ne voulut pas intervenir et le laissa s'approcher de l'eau. Comme on pouvait s'y attendre l'enfant but tout ce qu'il put et au bout de quelques minutes, ce fut un flot ininterrompu de reproches et de remarques désobligeantes, parfois allant jusqu'à l'insulte à l'encontre de sa mère. La pauvre mère en fut très ébranlée à tel point qu'elle en resta muette. Puis le petit garçon la bouscula en lui ordonnant de rentrer, qu'il avait mieux à faire que de se promener dans les parcs. La mère humiliée et blessée s'exécuta et ils sortirent rapidement du parc.

— Décidément, cet enfant est odieux ! Pourtant il dit la vérité, du moins il pense ce qu'il dit et en faisant ceci, il n'est pas juste vis à vis de sa mère...

Je ne comprends pas ! pensa alors le jeune homme en prenant une mine soucieuse et attristée.

Mais à peine eût-il le temps de ces réflexions, qu'une jeune femme se mit à boire à la fontaine. Elle était accompagnée d'un fort bel homme, qui devait sans aucun doute être issu d'une bonne famille. Contre tout attente, dès que la jeune femme eût terminé sa dernière gorgée, elle se jeta aux pieds de son homme en lui déclarant toute l'ardeur de son amour pour lui. L'apollon était fort mal à l'aise et ne sut comment se défaire de cette situation. Il objecta, s'excusa, et en fin de compte lui déclara qu'il n'y avait point d'amour dans leur relation et qu'il la fréquentait pour plaire à ses parents. La jeune femme s'effondra et s'accrocha de plus belle aux jambes du bellâtre qui ne trouva pas d'autre moyen pour s'en défaire que de lui allonger une bonne claque avant de s'enfuir.

— Je ne comprends décidemment pas ! La vérité est pourtant la meilleure des qualités et pourtant elle ne répand que drames ou malheurs.

Le jeune homme se mit alors à caresser l'eau d'une drôle de manière en murmurant quelque chose d'incompréhensible.

Un nouveau couple se présenta. Cette fois ce fût un militaire accompagné d'une jeune demoiselle qui devait être certainement une amie ou sa fiancée. Il tira d'un sac qui portait en bandoulière, une petite tasse en étain qu'il plongea dans l'eau et y but lentement quelques gorgées. Quelques instant après, il prit sa compagne dans les bras et lui déclara que rien ne pouvait empêcher leur mariage, qu'elle était l'unique bonheur de sa vie et d'autres choses de la même veine... La jeune femme, étonnée mais ravie, lui demanda s'il était réellement sérieux. L'homme, avec l'aplomb d'un général, la rassura et l'incita à l'annoncer immédiatement à ses parents afin de pouvoir tout organiser comme il se doit. La jeune femme fut tellement heureuse qu'elle obéit sur le champ et courut annoncer la bonne nouvelle.

Le militaire resta alors seul quelques instants et continua à se désaltérer tranquillement. Mais cette tranquillité ne dura que l'espace de trois gorgées. Une jeune femme, à peine plus âgée que la première et visiblement furieuse, l'interpella et lui demanda des explications quant à ces idées de mariage qui avaient germé dans la tête de sa sœur.

L'homme toujours aussi calme, lui sortit le même refrain, qu'elle était l'élue de son cœur et d'autres roucoulades mielleuses. Il raconta que sa sœur était totalement folle et jura, grand Dieu, que jamais il ne lui avait parlé mariage, ni même l'avait regardée autrement qu'avec les yeux d'un grand frère. La jeune femme suspicieuse planta ses yeux dans les siens et y décela aucune once de vérité. L'homme reçut alors une claque magistrale qui le fit tomber par terre. Le temps de se relever, la jeune femme avait disparu mais on entendait encore les jurons et les insultes résonner dans tout le parc.

Le jeune homme qui n'avait perdu aucune miette de la scène, était à présent tourmenté.

— Ni la vérité, ni le mensonge n'ont de vertu ! hurla-t-il. Quel est cet enseignement qui prône la vérité et exècre le mensonge ? Tout cela n'est que du vent !

Furieux, il empoigna la tête de la statue et l'arracha comme si de rien n'était !

— Et toi ? Toi dont on vante les vertus qu'as-tu à répondre à cela ? cria-t-il à cette pauvre tête de pierre comme si Hercule lui-même pouvait lui répondre. Bien sûr, cet Hercule de pierre ne répondit rien ce qui augmenta encore plus la colère du jeune homme dont le visage était maintenant entièrement cramoisi.

— Tu ne réponds rien ? Tu ne réponds rien ? répéta-t-il en martelant la tête contre le sol avec une violence surhumaine, tant et si bien, qu'elle finit par être complètement aplatie. L'expression angélique de la statue avait disparu, le visage semblait maintenant figé dans la stupeur avec un air plutôt inquiétant ce qui dégoûta le jeune homme. Il dédaigna alors le disque de pierre herculéen et l'envoya valdinguer au loin.

Puis à coups de poing et de pied, il s'intéressa au reste de la fontaine qu'il réduisit en morceaux en moins de temps qu'il faut pour le dire.

Finalement il ne resta pas grand chose de cette fontaine et petit à petit avec le temps le parc disparut de lui-même. Plus tard, on y construisit une église, l'église de *Santa Maria in Cosmedin.* Curieusement, on peut y voir un drôle de disque dans le mur du *pronaos* que l'on nomme *Bocca della verità*. Celui-ci représente une étrange tête dont les cheveux et la barbe se confondent dans une expression un peu hystérique. À la place des yeux, du nez et de la bouche, ont été creusés des trous qui manifestement étaient un passage pour l'eau.

Certains disent qu'il s'agirait d'une sorte de plaque pour les égouts, d'autres parlent d'un bas relief en hommage au dieu Mercure... d'autres même pensent que le Diable n'est pas loin et s'amuse à coincer la main de quiconque la glisserait dans la fente de la bouche... s'il lui prenait l'envie de mentir.

Une chose est certaine : n'y faites pas couler d'eau, il vous prendrait alors l'envie de la boire...

~ 4 ~
# Le marchand d'histoires

Il y avait autrefois, dans la vieille ville de Hanau, un écrivain public. À cette époque, beaucoup de gens ne savaient ni lire, ni écrire et un écrivain public leur était d'un grand secours. Toutefois celui-ci était particulier. Il savait écrire des lettres pour l'administration, d'autres pour la banque, des mots pour la famille et même des lettres d'amour dont, il faut bien le dire, les mots étaient fort joliment tournés. Il pouvait aussi lire n'importe quel document qu'on lui présentât, qu'il fût en latin, en grec, en allemand, en français ou même en russe. Il se trouvait, tous les jeudis, à l'ancienne place d'armes, qu'il pleuve ou qu'il vente. Et, il n'avait pour seul bagage, qu'une grande boîte qu'il portait autour du cou et qui lui servait de bureau ambulant.

Il ne demandait pour ses services qu'une seule pièce, peu importe qu'elle fût en or, en argent ou bien en cuivre. Et si vous n'en n'aviez pas, ou que vous ne pouviez pas le payer, un sourire suffisait. « Vous payerez la prochaine fois ! » disait-il. Aussi, il n'était pas très fortuné et le nombre de trous dans sa redingote trahissait sa condition. Quant à son haut-de-forme, il semblait si essoufflé qu'on eût cru qu'il succombait. Néanmoins, il respirait la jeunesse et la grâce de son visage en aurait charmé plus d'une.

Depuis des années, selon que le vent soufflait du nord ou de l'ouest, vous pouviez le voir près de la grande fontaine ou bien près des grandes bâtisses où le pasteur logeait. Il se tenait là, sifflant parfois des mélodies inconnues et joyeuses, arborant toujours un sourire d'été quelques furent les saisons. Le temps s'écoulait et pourtant, il ne semblait pas avoir de prise sur lui.

Il n'était pas rare que les enfants de la ville ne viennent lui tenir compagnie et ne passent la journée avec lui. Le jeune homme, s'ils avaient été bien sages, ne manquait jamais de leur raconter une belle histoire de son invention. Ses plus fidèles petits admirateurs n'étaient autres que les enfants du pasteur. Une ribambelle de petits garçons à la fois très mignons et bien turbulents qui entouraient leur unique sœur Charlotte. Jacob et Wilhelm, les deux ainés, étaient aussi les plus captivés par les histoires que leur racontait le jeune écrivain public. Pour rien au monde ils n'auraient manqué un jeudi avec lui. Il leur arrivait même d'en oublier le temps, obligeant leur mère à venir les chercher. La femme du pasteur, Dorothea, bien qu'un peu timide, était une charmante jeune femme. Elle sortait toujours couverte d'un manteau ou d'une grande cape dont elle tirait la capuche, de sorte que personne ne puisse voir son visage. Mais tout le monde savait bien qui elle était.

Un jour, Dorothea eut envie, d'entendre les histoires que lui vantaient ses enfants. Les deux frères, Jacob et Wilhelm, n'avaient pas leur pareil pour les déformer à leur manière et il s'ensuivait toujours une belle dispute pour se mettre d'accord sur la version qu'ils avaient entendue. Aussi, elle décida que le prochain jeudi, elle irait trouver l'écrivain et qu'il lui raconterait, lui-même, une histoire.

Le jeudi arriva donc… À l'heure du souper, Dorothea se présenta sur la vieille place pour récupérer ses enfants. Le jeune homme voulut la remercier de permettre à ses enfants de venir l'écouter, lorsqu'elle lui demanda poliment de lui raconter une histoire, pour elle seule. Le jeune homme sembla quelque peu embarrassé et refusa au prétexte que ses histoires ne pouvaient intéresser que les enfants. Cependant Dorothea insista. Il n'était pas question que quelqu'un ne racontât des choses à ses enfants, fussent-elles des fables, sans qu'elle n'en eût connaissance. Le jeune écrivain prit une mine encore plus ennuyée et voulut à nouveau se désister. C'est alors que la jeune femme lui tendit une pièce de cuivre : « Telle est ma demande, une histoire pour une pièce ! Est-ce là vos tarifs ? ». Devant l'insistance de Dorothea, le jeune homme comprit qu'il devait honorer ce contrat. Aussi prit-il la pièce et demanda à la femme du pasteur quel genre d'histoire, elle aimerait entendre. « Étonnez-moi ! » lui lança-t-elle. Le jeune homme demanda alors la permission de lui prendre la main et la jeune femme ne s'y refusa pas. L'écrivain prit une voix soyeuse puis commença son histoire en utilisant des mots doux et feutrés. Au bout de quelques minutes, Dorothea se sentit envahie par un drôle de sentiment puis elle ferma les yeux un instant... Lorsqu'elle les ouvrit à nouveau, la ville avait disparu pour céder la place à de magnifiques collines verdoyantes baignées par un soleil de printemps. Les oiseaux chantaient comme des fous et une brise marine venait lui chatouiller les narines. Au loin, elle apercevait une étendue d'eau d'un bleu si profond qu'il ne pouvait s'agir que de l'océan. Elle resta ainsi longuement à observer l'eau et rien au monde n'aurait pu la décider à partir tant elle se sentait bien. Puis tout se brouilla et elle se retrouva à nouveau sur la vieille place d'armes d'Hanau.

— Comment saviez-vous que mon plus grand rêve était de voir l'océan ?

— Je le savais, c'est tout ! lui répondit-il gentiment.

Dorothea quelque peu troublée mais ravie, le remercia et le complimenta. De sa vie, elle n'avait jamais entendu si belle histoire. Elle prit congé et emmena ses enfants avec elle.

Cependant, toute la semaine, Dorothea fut tourmentée par cette histoire et c'est à peine si elle parvenait à s'endormir. Ce magnifique paysage, ce soleil et cet océan si bleu l'avait transformée à jamais et elle n'aspirait maintenant qu'à une seule chose, y retourner. Ainsi, elle attendit le jeudi suivant avec une impatience qui frôlait la colère. Le temps lui semblait se ralentir terriblement à l'approche du fameux jour. Elle était si nerveuse que son mari, Philip, s'en inquiéta et voulut appeler un médecin. Mais Dorothea refusa, prétextant que les hommes ne comprenaient jamais rien à ces choses féminines. Cela mit définitivement fin à leur conversation.

Enfin, le jeudi suivant arriva et elle attendit le soir avec une ferveur telle que son mari crut qu'elle eût de la fièvre. N'en pouvant plus, à peine eut-elle terminé sa soupe, qu'elle attrapa sa cape et sortit prestement en direction de la grande place. Le jeune homme était là, arpentant le pavé en fredonnant un air inconnu et doux… Il semblait l'attendre. Dorothea était si excitée qu'elle en oublia de le saluer. Sans un mot, elle lui tendit cette fois une pièce d'argent.

Le jeune homme regarda la pièce qui brillait à la faveur des rayons de la lune et ne semblait pas comprendre. Dorothea s'impatienta et exigea qu'il lui raconte une autre belle histoire qui, cette fois, la rendrait heureuse et folle de bonheur. Le jeune écrivain hésita un moment puis ajouta.

— Dans ce cas, laissez-moi poser la main sur votre joue, puis fermez les yeux.

Dorothea le laissa faire. Il posa donc la main sur sa joue avec une telle douceur qu'elle en rougit immédiatement. Il écarta ensuite délicatement la capuche et découvrit le bleu immense de ses yeux dans lequel la lune se reflétait. Le jeune homme resta confus un instant puis se ressaisit. Alors comme il s'y était engagé, il débuta son histoire.

Aussitôt qu'elle ferma les yeux, Dorothea se sentit à nouveau entraînée et une délicieuse senteur marine séduisit son odorat. Elle ouvrit les yeux. Cette fois, elle se trouvait au bord de l'eau. Elle pouvait entendre le clapotis des vagues et sentir la chaleur du sable sous ses pieds. À quelques pas de là se tenait une petite maison blanche au toit de chaume dont la cheminée en pierre laissait filer une odeur suave et sucrée. Dans le petit jardin attenant à la maison, deux jeunes enfants grattaient la terre pour y planter quelques graines. En l'entendant arriver, ils se retournèrent. Leurs visages lui étaient très familiers sans qu'elle parvienne pourtant à les reconnaître. Lorsqu'ils lui sourirent, elle devina qu'il ne pouvait s'agir que de ses propres enfants autrefois disparus. Le jeune homme était là, lui aussi, assis sur un petit banc de bois et semblait veiller sur eux tout en jouant des airs charmants sur un petit violon. Puis comme la dernière fois tout se brouilla et la lueur des lanternes lui rappela la triste réalité de l'endroit où elle se trouvait. Le jeune homme tenait toujours son visage dans le creux de sa main et leurs yeux se croisèrent dans une brume de larmes. Dorothea le remercia puis s'enfuit rejoindre ses enfants.

Pendant toute la semaine, Dorothea fut d'une humeur telle que rien ne pouvait ternir son bonheur. Cependant elle n'avait de cesse de penser au jeune écrivain public et à ses histoires.

Le jeudi suivant, elle avait préparé un gâteau aux pommes et voulut en apporter une part au jeune homme... Comme à son habitude, le jeune écrivain attendait sur la vieille place d'armes qu'il sillonnait de long en large. En la voyant s'avancer vers lui, son visage s'illumina. Dorothea s'approcha en silence et lui tendit la part de gâteau qu'elle lui avait préparée. Le jeune homme hésita un instant puis accepta. Il savoura chaque miette du biscuit d'une telle manière qu'on eût cru que chaque bouchée le rapprochait du paradis. Se faisant, il ne cessait de la dévorer du regard et ses yeux noirs semblaient prendre toutes les couleurs du monde. La jeune femme ne parvenait pas à détacher son regard du sien tant il le fascinait. Il s'approcha si près d'elle que leurs lèvres s'effleurèrent. Elle lui tendit alors une pièce d'or puis lui murmura qu'en remerciement de lui avoir montré le bonheur de ses enfants, elle souhaitait à son tour faire quelque chose pour lui. Le jeune homme lui répondit par un baiser si profond que Dorothea s'évanouit.

Lorsqu'elle reprit ses esprits, le jeune homme l'entourait de ses bras. Les deux petits enfants lui tapotaient la main affectueusement et une odeur de thé à la bergamote, son préféré, envoutait son odorat. Prise de panique, elle voulut s'enfuir mais son corps refusa de la porter, autour d'elle une brume noire commença à l'envelopper puis tout s'obscurcit et elle défaillit.

Dorothea reprit connaissance dans les bras du jeune homme. Il lui souriait tendrement tout en lui caressant la joue d'une main chaude et douce, écartant délicatement les longues mèches noires que le vent du soir rabattait mollement sur son visage délicat. Elle put voir dans le regard humide du jeune homme, le bleu intense de ses propres yeux et, au-delà, elle devina la profondeur de son âme. Pourtant cette vision d'une émotion immense et éperdue la terrifia. Elle le repoussa violemment.

Le jeune écrivain ne comprit pas son attitude et voulut l'embrasser à nouveau. Elle le rejeta une seconde fois, avec dégoût. C'est alors que le regard du jeune homme se changea. La couleur de ses yeux fut absorbée par la noirceur impénétrable d'un monde glacial et sans lumière. Son visage se figea dans un masque de déception et de fureur, sur lequel aucune autre émotion n'avait place. Brusquement, il jeta sa boîte par terre avec une telle violence que la lanière de cuir se rompit. Puis il donna un coup d'une force inouïe sur la fontaine que l'eau s'arrêta de couler.

Dorothea prit peur et recula. À ce moment, un éclair fulgurant illumina la place et l'aveugla. Au bout de quelques instants, elle put à nouveau discerner les choses. Le jeune homme avait disparu. Il ne restait de lui que quelques lignes sur une page que le vent s'empressa d'emporter.

Personne ne revit jamais l'écrivain public et nul ne sut ce qui lui était arrivé. Pourtant de nombreuses histoires ont circulé à son sujet. Dorothea, quant à elle, ne révéla jamais ce qu'elle avait vu pourtant elle dut bien trouver quelque chose à raconter à ses enfants, si malheureux de la disparition du conteur.

Aussi, elle leur expliqua que ce soir-là, sur la fontaine, étaient perchés six cordeaux bien noirs. Ils étaient ni gros, ni petits, ni beaux, ni laids, mais ils se ressemblaient tellement qu'ils devaient être frères. Ils écoutaient les histoires du jeune homme sans en perdre un seul mot, on eut dit même qu'ils le comprenaient. Puis il y eut un violent orage et un éclair tomba sur la fontaine. De peur, elle ferma très fort les yeux mais lorsqu'elle les ouvrit de nouveau, elle ne vit pas six corbeaux mais sept qui s'envolèrent. Il ne pouvait s'agir que d'une malédiction…

Quelques temps après, *Philip Grimm* quitta Hanau avec sa famille pour emménager à Steinau. Malheureusement, il mourut trois ans plus tard, laissant Dorothea seule. Jacob et Wilhelm furent alors envoyés chez leur tante à Cassel pour y étudier. Bien des années plus tard, ils ont collectionné toutes sortes d'histoires ou de contes, certainement à la recherche d'un récit avec sept frères ou sept corbeaux... Qui sait ? Ils n'étaient jamais d'accord !

~ 5 ~
# La cuvée de Jupp

Au milieu des années vingt, dans la vallée de l'Ahr, non loin de Cologne, vivait un jeune vigneron dont tout le monde disait qu'il était fou. En fait, il ne l'était pas du tout ! Jupp, comme on l'appelait, aimait la musique tout autant que le vin. Or dans son milieu, une telle chose était simplement impensable. On ne pouvait être musicien et maîtriser l'art du vin sans gâcher l'un ou l'autre ! Mais Jupp s'en fichait. Il ne faisait guère attention aux critiques ou aux ragots et travaillait tout aussi durement la vigne que les arpèges.

Son instrument préféré était à ce moment la trompette. Certes la trompette n'était pas un instrument très discret, aussi comment jouer sans que cela ne s'entende et n'attire encore d'autres moqueries ou railleries ? Pour cela, Jupp avait son idée. Chaque fois qu'il devait livrer du vin pour son patron – et du vin, il en livrait tous les jours – il passait par les collines et les vignes puis s'arrêtait au point le plus haut au bord de la falaise, là où il pouvait dominer le monde.

— Quel endroit merveilleux pour casser la graine après une petite heure de trompette, pensait-il.

Là, seul sur sa charrette au milieu des vignes, il prenait plaisir à ressentir la nature. Les mélodies qu'il jouait, étaient d'une douceur telle que le public volatile loin de s'en effaroucher, en redemandait.

Un jour qu'il avait déjà trop tardé à livrer son vin et qu'il s'apprêtait à ranger son instrument, il aperçut un jeune homme au milieu des vignes qui venait vers lui.

— D'où sort-il celui-là ? s'était-il dit en le voyant traverser les champs de vigne. Et quel drôle d'accoutrement !

En effet, l'homme qui s'approchait, était habillé comme pour un autre temps. Une drôle de redingote, rapiécée de mille façons lui servait de manteau. Quant au haut-de-forme qui était posé sur sa tête, il ne ressemblait plus à rien, tant il avait perdu de sa forme et de sa hauteur. L'homme tirait au bout d'une lanière en cuir fendue de toutes parts, une grande boîte en bois, son seul bagage.

Arrivé à sa portée, l'homme lui somma de lui jouer un air qui lui ressemblât en guise de bienvenue. Le brave Jupp, surpris mais aussi flatté qu'on lui demandât enfin de jouer de la musique, s'exécuta. Cependant, la seule mélodie qui lui vint en tête à ce moment, et il ne sut pas pourquoi, fut la « Damnation de Faust » de Berlioz. Le jeune homme écouta les quelques notes qui sortirent de la trompette puis brusquement lui fit signe de s'arrêter prétextant que cette musique le mettait mal à l'aise.

Jupp commença alors à ranger sa trompette, lorsqu'il entendit les quelques notes d'un violon qu'on accordait. Il leva les yeux et vit son visiteur qui s'apprêtait à jouer sur un petit violon d'un aussi misérable état que son propriétaire. La mélodie qui sortit de l'instrument était d'une tristesse si profonde et si intense, que les larmes lui vinrent immédiatement aux yeux. Puis le visiteur s'arrêta brutalement de jouer.

— Voilà ce que tu aurais dû jouer en me voyant ! lui lança-t-il d'un ton plein de reproches.

Jupp essaya alors de lire dans les yeux du jeune homme et ce qu'il y vit, le remplit de désespoir et de douleur. Jamais il n'aurait eu le talent nécessaire pour mettre en musique ce que cet homme ressentait. C'était maintenant à Jupp d'être mal à l'aise, aussi dans un élan de charité ou de pitié, il lui offrit de partager son maigre repas. Cette fois, le visiteur se montra plus gentil et refusa son offre. Mais Jupp voyant bien que le violoniste ne devait pas manger tous les jours à sa faim, insista et celui-ci finit par céder.

Jupp offrit un peu de fromage et du pain à son hôte qui sembla apprécier en jurant qu'il n'avait jamais rien mangé d'aussi bon. Puis les deux hommes se mirent à discuter comme deux amis de longue date tout en mangeant. Jupp lui raconta que plus tard lui aussi aurait son propre vignoble et qu'il continuerait à jouer de la musique rien que pour montrer au gens du village qu'il n'était pas fou.

Son hôte, quant à lui, fut moins éloquent. L'avenir qui se dessinait devant lui était incertain, disait-il, et de toute façon, à quoi bon avoir un destin, si c'est pour vivre malheureux une vie entière. Jupp avait envie de remonter le moral de son ami mais tous les arguments qu'il trouvait, n'avaient de prise sur lui. Puis il lui vint une idée !

Il proposa à son ami, puisqu'il disposait du talent nécessaire pour jouer les émotions les plus profondes, de goûter son vin puis de jouer ce qu'il ressentait. L'homme trouva l'idée folle mais ne put s'empêcher de relever le défi.

Jupp ouvrit une caisse au hasard dans la charrette et en tira une bouteille de vin blanc qu'il déboucha. Il en versa une bonne rasade dans le gosier puis tendit la bouteille à son ami. Le jeune homme but lentement quelques gorgées. Chaque goulée semblait éveiller en lui quelque chose de merveilleux. En un rien de temps la bouteille fut vidée. L'homme prit alors son violon et commença à jouer un air léger et joyeux tout en dansant au bord de la falaise.

Jupp fut satisfait. Comme récompense, Jupp répara la lanière de la boîte grâce aux outils qu'il emmenait toujours avec lui. Le jeune homme tira alors de sa redingote une pièce de cuivre et la lui lança.

— Mais je te croyais sans un sou ! L'aurais-tu volé ? s'inquiéta Jupp.

— Voler ? Moi ? Jamais ! Cet argent m'a été donné pour avoir réalisé un rêve, répondit l'homme en affichant un visage qui ne faisait aucun doute sur sa sincérité. Je tiens à te payer cette bouteille !

Jupp glissa la pièce dans sa poche, ne voulant pas vexer son ami. Puis, il ouvrit une nouvelle bouteille. Cette fois, le vin était d'un rouge sombre.

Le jeune homme but comme la dernière fois quelques gorgées pour bien ressentir toutes les émotions du vin, puis à force de goûter et d'apprécier, il finit à nouveau par vider la bouteille.

Cette fois les notes qu'il joua étaient sombres et épicées, et pour bien montrer la lourdeur des parfums, il tapa lourdement du pied sur le sol comme le ferait un éléphant, ce qui amusa beaucoup Jupp.

Après dix bonnes minutes de musique et de rigolade, le jeune homme s'arrêta. Le soleil était encore bien haut et le vin aidant, la tête commençait à lui tourner. Jupp voyait bien que son ami prenait du plaisir à jouer et à apprécier son vin.

Cette fois, le jeune homme lui lança une pièce d'argent.

— Cette pièce, je l'ai gagnée en faisant découvrir le bonheur !

Jupp glissa à nouveau la pièce dans sa poche en se jurant à lui même de trouver un moyen pour rendre l'argent à son ami sans le vexer.

Puis le jeune homme lui montra une pièce d'or qu'il remit aussitôt dans sa bourse...

— Voilà toute ma richesse, Jupp ! Cette pièce d'or, je l'ai gagnée en voulant réaliser un vœu. Mais ça n'a pas marché. Elle est à toi et réalisera ton vœu le plus cher si tu me trouves un vin qui exprime deux émotions dans un même sentiment.

Jupp rechercha dans la charrette parmi toutes les caisses le vin, la bouteille qui pourrait exprimer une telle chose, bien que lui-même ne savait pas vraiment ce qu'il cherchait. Puis, il ouvrit une troisième bouteille... Un vin rouge, encore, mais cette fois le parfum qui s'en dégagea fut léger et sucré. Jupp pensa avoir trouvé.

Son ami ne semblait pas du même avis, gageant qu'un tel vin n'existait certainement pas. D'ailleurs, il avait déjà remis en bandoulière sa grande boîte et manifestement s'apprêtait à reprendre la route.

— Le jeu n'est pas terminé, lui lança Jupp en lui tendant la bouteille.

Le jeune homme le regarda, puis regarda la bouteille... Après quelques secondes d'hésitation il attrapa la bouteille et but lentement son contenu jusqu'à la moitié.

— Moi, je ne joue qu'une émotion à la fois ! Je boirai donc le reste après...

Le jeune homme reprit son violon et tira des notes joyeuses et légères. C'était comme s'il jouait le printemps. Il dansait, dansait, dansait d'un pas léger en souriant.

— Bravo Jupp ! Tu as trouvé ! dit-il en continuant à danser au bord de la falaise.

Cependant la boîte qu'il portait sur le côté était bien trop lourde et le déséquilibra. Son pied se déroba... La musique se tut.

Ils avaient été imprudents et la falaise avait eu raison de lui.

Jupp dévala la colline en courant comme un fou, espérant retrouver son ami vivant. Mais lorsqu'il arriva au pied de la falaise, la seule chose qu'il trouva de lui, ce fut les débris du violon et une pièce d'or. De son ami, tout avait disparu... Et il ne savait même pas son nom.

Désolé et triste, Jupp n'eut pas le courage de finir la bouteille et se persuada même qu'un jour son ami reviendrait et qu'il pourrait lui rendre ses pièces.

Dix ans passèrent et Jupp réalisa son rêve. Il ouvrit une échoppe et continua d'accueillir les visiteurs au son de mélodies entraînantes qui leur ressemblaient. Le temps n'était pas propice aux affaires mais Jupp gardait bon espoir et bonne humeur. Un soir, un homme tout de noir vêtu passa le porche de son échoppe. Au début, il pensa à un créancier et voulu l'accueillir au son d'une marche funèbre, cependant ce fut Berlioz qui vint aux oreilles. Or jamais depuis ce jour funeste, il n'avait voulu rejouer Berlioz.

L'homme s'installa à une table et Jupp s'approcha de lui.

— Tu te souviens de moi, mon ami ? lui dit-il d'une voix grave à vous glacer le sang.

Jupp l'observa et regarda plus attentivement au fond de ses yeux. L'homme avait traversé sans aucun doute plus de mille guerres et tout au fond ne brillait plus aucun sentiment mais il le reconnaissait.

— Je suis venu terminer la bouteille que nous avions commencée ensemble il y a dix ans.

Jupp disparut à la cave précipitamment et en revint presque aussitôt, une bouteille poussiéreuse à la main.

— Je l'avais gardée pour toi... Mais à présent le vin ne doit plus être bon !

— Peu importe, jadis je t'ai fait une promesse, et je tiens toujours mes promesses.

L'homme fit sauter le bouchon et but le reste de l'infâme piquette, d'un trait, sans une grimace, sans l'ombre d'une émotion.

Puis Jupp glissa doucement sur la table les trois pièces qu'il avait soigneusement conservées toutes ces années.

— Je les ai gardées pour toi !

— Elles t'appartiennent ! lui répondit-il, sans le regarder.

— Non ! Elles ont beaucoup trop de valeur pour toi, je l'ai bien vu, jadis, je ne peux donc les accepter !

— Pourtant elles te seraient bien utiles par les temps qui courent, tu as bien des dettes...

— J'ai toujours ma musique pour gagner un peu d'argent ! lui lança Jupp.

L'homme ramassa délicatement les pièces, une à une, et les glissa dans une petite bourse puis se leva sans un mot.

— Attends ! Ne pars pas !

— Je ne puis rester, je ne suis pas à ma place ici...

— Laisse-moi au moins t'offrir un peu de mon vin... c'est ma cuvée personnelle. Il te ravira, j'en suis sûr... Et puis je ne voudrais pas que l'on dise de moi que j'ai servi ma pire bouteille à un inconnu !

L'homme se rassit tout aussi silencieusement et Jupp alla directement tirer d'un tonneau de la cour, un verre de vin qu'il offrit à son ami.

L'homme en admira tout d'abord la couleur puis ferma les yeux pour mieux en humer les parfums. Enfin il prit une gorgée qu'il tourna longtemps dans la bouche avant de l'avaler. Après une minute et peut-être même deux, il ouvrit les yeux à nouveau.

— Je te remercie...

— C'est tout ? C'est tout ce qu'il t'inspire, j'y ai mis tout mon cœur dedans, tu sais ?

L'homme ne répondit rien et Jupp, déçu, n'insista pas.

Le visiteur se leva puis laissa tomber une pièce d'argent dans le verre de vin qui disparut instantanément.

Jupp étonné voulut dire quelque chose... Mais l'homme s'était déjà éloigné et arrivait sous le porche. Puis sans se retourner, il lui lança ces paroles en guise d'adieu :

— Jupp, ton vin est une véritable mélodie. Et une telle musique mérite bien un petit quelque chose... aussi tant que ce vin portera ton nom, il te portera chance et prospérité... Puis il se volatilisa.

Jupp ne connut jamais le nom de son ami et jamais non plus, il ne le revit. Mais si un jour vous passez par la ville d'Ahrweiler et que vous vous aventurez au-delà des anciennes fortifications à la recherche d'un vigneron ou de bon vin, arrêtez-vous chez celui qui vous proposera de goûter la *Cuvée de Jupp*... Une douce musique envahira votre palais... à moins qu'il n'en reste plus....

~ 6 ~
# Le souffleur des âmes

Le monde étant ce qu'il est, le travail aux Enfers ne souffre d'aucun arrêt ni d'aucune pause depuis fort longtemps. Or, même si depuis la nuit des temps celui-ci y a été organisé, chronométré, contingenté et optimisé à l'infini, la perfection, même ici-bas, n'existe pas. Et comme tout ne fonctionne pas toujours comme prévu, il arriva ce qu'il devait arriver.

Un jour, il y a maintenant quelques siècles, *Baalberith*, le secrétaire général et grand archiviste des Enfers, vint trouver *Lucifer*, la mine complètement défaite.

— Maître, Monseigneur ! J'ai de bien mauvaises nouvelles à vous communiquer !

— Mais mon ami, les mauvaises nouvelles aux Enfers, cela n'existe pas !

À vrai dire, il est assez surprenant que dans un tel endroit on puisse entendre autre chose que des mauvaises nouvelles, mais comme le Diable sait plaisanter, car le Diable aime à s'amuser, il crut bon d'user d'une pointe d'humour pour mettre à l'aise son fidèle démon. Cependant cela n'eut pas l'effet escompté.

— Monseigneur, je n'ai pas l'humeur à me moquer ! L'heure est grave, nous sommes débordés !

— Comment ça débordés ? Depuis plusieurs siècles je recrute à tour de bras du personnel qualifié et j'ai augmenté les cadences, c'est impossible ! Le Diable est, comme chacun sait, l'inventeur des cadences infernales et de la production de masse depuis l'origine des temps.

— Bien sûr Monseigneur, mais le monde a changé, nous n'arrivons plus à gérer les âmes qui nous arrivent, nous devons les stocker !

— Les stocker ? Ne peuvent-elles pas errer quelque temps sur Terre ?

— À vrai dire nous le faisons déjà, mais le nombre est trop grand et nous risquons de provoquer le chaos chez les humains, et...

— Et expédier les jugements, accélérer les pénitences, abréger les punitions ? L'avons nous aussi essayé ?

— Vous n'y pensez pas Monseigneur, nous perdrions toute crédibilité !

— Oui tu as raison... Si la punition est écourtée cela n'a plus de sens. Et puis ces idiots de farfadets et autres fantômes nous font déjà assez de torts comme ça. Je ne pense pas que les hommes en supporteront davantage... Alors n'y a-t-il pas d'autre solution ?

— Non Monseigneur, il nous faut trouver un moyen de stocker les âmes, les inventorier et les classer !

— Les classer ?

— Oui, depuis le temps que nous jugeons l'âme des hommes, nous pouvons les classer selon leur noirceur, nous gagnerons du temps !

— Ah oui ? Tu veux les classer du plus noir au moins noir ?

— C'est cela Monseigneur... Nous gagnerons du temps et les châtiments pourraient alors être automatisés !

— Ah ! Ah ! Ah ! L'idée est bonne, mon ami, mais te rends-tu compte qu'il nous sera impossible de les distinguer dans l'obscurité de nos caves ? *Baalberith* se trouva bête. Il avait bien imaginé un mode de classement mais un nombre infini de nuances de noir ne donnait toujours qu'une seule couleur : le noir !

— Ne t'inquiète pas, mon ami, je vais y réfléchir et je trouverai une solution, comme toujours, reprit *Lucifer* qui souriait comme un enfant.

Le Diable passa alors 7 nuits et 7 jours à réfléchir et à se torturer l'esprit sans pour autant trouver la moindre idée qui le satisfasse. Aussi à l'aube du 8e jour, il prit la décision de rechercher l'inspiration auprès des hommes et décida de partir en Angleterre, alors au tout début de sa révolution industrielle. *Nailsea*, une petite ville non loin de Bristol bien connue pour ses mines depuis l'époque romaine, semblait parfaite pour l'accueillir. C'est donc sous l'apparence d'un jeune ouvrier qu'il choisit de se matérialiser sur la route qui le mènerait à la ville. Mais à peine eut-il posé le pied sur le chemin, qu'une grosse berline noire tirée par quatre chevaux à toute force passa si près de lui qu'elle l'aurait renversé si un jeune homme ne l'avait pas tiré par le bras au bon moment.

Un peu bousculé mais néanmoins sauvé, le Diable voulut tout d'abord se montrer reconnaissant envers cet humain. Puis il se ravisa pour l'instant, car une autre idée venait de germer dans son esprit sulfureux. Il y avait un je-ne-sais-quoi en cette personne qui l'intriguait. Pourtant, celui-ci semblait être de bonne famille malgré son apparente condition d'ouvrier et foi de démon, son âme paraissait être tout à fait convenable. Cependant, il se dégageait de lui une odeur de fourneaux que seul un être des ténèbres pouvait déceler. Le Diable voulut en savoir plus aussi le remercia-t-il fort aimablement tout en lui assurant que son geste serait récompensé. Le jeune homme tout aussi aimablement lui répondit que de l'avoir sauvé était déjà sa récompense et qu'il n'attendait rien d'autre que son amitié en retour. Voilà qui tombait à point !

Le Diable entreprit donc de questionner habilement son nouvel ami tout au long du chemin qui le menait à *Nailsea*. Celui-ci se nommait *John*

Robert Lucas et avait soif de réussite dans la vie, ce qui le rendait encore plus plaisant aux yeux de *Lucifer*. Il était ouvrier dans une verrerie et souffleur de son état. Le Diable connaissait fort bien les fourneaux mais pour autant, il n'avait jamais imaginé qu'on puisse y fabriquer du verre et encore moins qu'il pût y avoir des hommes qui le soufflaient. Il demanda alors à son ami s'il lui était possible de lui montrer son art. *John Robert Lucas* flatté par cette demande accepta et se risqua même à laisser entendre qu'il pourrait y avoir pour lui de la place dans cette entreprise. Arrivés en ville à la nuit tombée, les deux amis se séparèrent. Le Diable avait refusé la proposition de John de l'héberger, en prétextant avoir à faire pour ne pas avouer son malaise devant tant de bonté mais le rendez-vous était pris, *Lucifer* se présenterait à la verrerie le lendemain à 8h précise.

Le lendemain matin, le Diable était bien là, très enthousiaste devant la chaleur des fourneaux qui lui rappelait son univers. John lui montra alors ce qu'il faisait et *Lucifer* en resta bouche bée.

On fit d'abord couler dans un creuset un verre en fusion brillant de mille feux. Ensuite John trempa un long bâton métallique dedans et en sortit une grosse boule molle et brûlante avec laquelle il joua quelque temps avant de la replonger dedans. John s'amusait avec le verre, il le façonnait, le déformait, l'étirait... Le Diable n'en perdait pas une miette. Et lorsque John commença à véritablement souffler le verre au bout de son bâton et qu'il donna vie à un objet, ce fut l'apothéose et une véritable révélation pour *Lucifer*. Il brûlait d'envie d'imiter son ami et se consumait d'excitation. Pourtant quelque chose attisait son esprit ! Pourquoi ce verre une fois refroidi était-il si terne, si triste, alors que chaud, on y décelait les couleurs à l'infini ? John lui expliqua que cela venait des matériaux utilisés pour fabriquer le verre et qu'en fonction, le verre ne prenait pas tout à fait la même couleur.

Le Diable se rappela alors les discussions qu'il avait eu jadis avec Merlin, alors son élève, lorsqu'il lui enseignait les principes élémentaires de l'alchimie. Il est vrai que Merlin a séjourné quelques temps à ses débuts aux Enfers, mais ça c'est une autre histoire. *Lucifer* eut alors une idée et demanda à son ami qu'il réalise deux sphères mais qu'avant il mélange au verre un peu de poudre métallique qu'il tira de sa poche. John intrigué, se plia malgré tout à cette demande tout à fait curieuse. On ne peut de toute façon rien refuser au Diable.

Ainsi une fois le mélange effectué, John empoigna la barre de métal et se mit à jouer avec le verre avec une telle aisance et dextérité qu'il fabriqua alors deux magnifiques sphères, si parfaites qu'on les aurait crues divines. Le Diable fut très impressionné par l'habilité de son ami. Une fois refroidies, on put admirer alors les plus magnifiques, les plus brillantes sphères de verre qu'il n'avait été donné à un humain de voir. Leur couleur vert-bleu était si envoutante que personne n'aurait résisté à l'envie de les toucher. Ce fut d'ailleurs ce que voulut faire John mais le Diable s'interposa brutalement. Il l'avertit alors que nul ne devait s'en approcher faute de quoi il lui en cuirait. Et ce n'était pas des paroles en l'air de la part d'un démon. Le Diable couvrit alors les deux sphères d'une grande bâche et demanda à son ami John de promettre de veiller sur elles. Puis il ajouta que s'il y arrivait, il lui révèlerait le secret de cette poudre. John décida alors qu'il valait mieux dormir sur place pour honorer sa promesse. Cependant, la rumeur s'étant déjà répandue parmi les ouvriers et l'homme étant ce qu'il est... un individu s'introduisit durant la nuit dans l'atelier afin d'y voler les boules merveilleuses. John éreinté par une journée de labeur et bercé par la chaleur des fourneaux, s'était endormi rapidement et son sommeil était si lourd et si profond qu'il ne vit rien de ce qui se passa par la suite.

L'homme avait brisé une des fenêtres à l'arrière de l'atelier et avait réussi à s'introduire à l'intérieur. Avec les vêtements sombres qu'il portait, on ne pouvait rien distinguer de lui, tout au plus le blanc de ses yeux. Il se mouvait un peu comme un chat, silencieusement, on eut dit qu'il glissait sur le sol. Nul doute qu'il ne s'agissait pas d'un amateur. Il arriva alors doucement auprès de John qui était resté jusque là endormi. Soudain un nuage laissa apparaître la lune et un instant on put voir l'entière silhouette se rapprocher de John, un couteau à la main. John dormait si profondément que la silhouette se détourna de lui pour se diriger vers la table où se trouvaient les deux sphères, jugeant qu'il ne se réveillerait pas. Il attrapa alors un coin de la bâche d'une main et la souleva. Ce qu'il vit en dessous fut d'une telle beauté qu'il ne put résister à l'envie de toucher la première sphère. Celle-ci se mit à briller d'une telle force que personne n'aurait pu dire où il se trouvait. Puis tout s'arrêta brusquement, l'homme avait disparu.

À 6 h du matin, avant que les autres ouvriers n'affluent, le Diable se présenta, fort mécontent et réveilla son ami encore assoupi en jurant que quelqu'un avait touché son œuvre. John lui assura que personne n'était venu car ça l'aurait réveillé, et que d'ailleurs on pouvait encore discerner les sphères sous la bâche. Le Diable, dubitatif, tira sur la toile d'un coup sec et découvrit le corps d'un homme gisant, complètement glacé, aux pieds des deux sphères, la main sur l'une d'entre elles. John était médusé tandis que *Lucifer* semblait au contraire ravi par une telle découverte. La sphère que le voleur avait touchée contenait à présent quelque chose de lumineux qui s'agitait à l'intérieur et qui voulait sortir. John voulut une explication. Après quelques hésitations, le Diable lui demanda de regarder à travers le verre... Ce qu'il verrait répondrait à toutes ses interrogations. John s'approcha et ce qu'il aperçut le sidéra. Choqué, il ne cessa alors de répéter en anglais « witch balls », « witch balls »... Pour lui, il n'y avait aucun doute c'était de la sorcellerie. John était tellement bouleversé qu'il disait vouloir renoncer à son art afin que jamais plus il ne nuirait à quelqu'un. Le Diable en fut touché et voulu s'excuser. D'ordinaire le Diable n'aime pas s'excuser mais aujourd'hui, tout semblait possible tant il était heureux ! Il s'approcha de John et lui murmura longuement quelque chose à l'oreille. Quand ce fut fait, *Lucifer* sortit de sa poche un petit sac rempli de poudre métallique qu'il posa dans la main de John. Puis il se saisit de la boule contenant l'âme du voleur et se volatilisa, laissant l'autre boule à John.

Ce que le Diable murmura à John ce jour là, personne ne le sut jamais. Ce qui est certain en revanche, c'est que *John Robert Lucas* n'arrêta jamais de souffler le verre. Il eut même sa propre manufacture et on vit fleurir aux quatre coins de l'Angleterre ces magnifiques boules de verre multicolores que certains appellent « witch balls » ou « watch balls » censées vous protéger des mauvais esprits. Il paraît même que d'autres en accrochent dans les sapins à Noël. Quant à *Lucifer*, il n'est jamais revenu à *Nailsea* et l'histoire ne dit pas non plus ce qu'il a fait de sa boule, pourtant j'ai bien une petite idée, pas vous ?

~ 7 ~
Le chronographe

Être en charge des fourneaux de l'Enfer, des châtiments et bien d'autres choses encore, est un devoir bien harassant et parfois très ingrat. Aussi comme tout le monde, *Lucifer* a besoin de souffler un peu et de s'échapper de son travail... Il faut dire qu'aux Enfers, il est bien le seul à pourvoir le faire et il ne s'en prive pas. Cependant, les destinations ne sont guère nombreuses. Pas question d'aller là-haut, là où tout est lumineux, soyeux ou calme. Le contraste serait trop insupportable pour lui, même si le dépaysement est assuré. Et puis, il n'y est pas en odeur de sainteté alors cela règle le problème. Son unique destination est la Terre, même si longtemps, il a détesté y séjourner. Lorsqu'il était encore à l'école, c'est à peine s'il supportait ces excursions auprès des Hommes que les maîtres lui imposaient. Mais au fur et à mesure de ses séjours scolaires et de son expérience, il apprit à connaître les humains et leurs subtilités, leurs bons et leurs mauvais côtés. Surtout leurs mauvais côtés, les bons côtés étant bien trop rares chez eux.

Depuis plusieurs années, ou plutôt des centaines d'années, *Lucifer* portait sur lui un magnifique chronographe en or dont il ne se séparait jamais. C'était une espèce de montre-gousset capable de lui donner l'heure, la longitude et la latitude, de chronométrer le temps passé sur terre et surtout de définir avec précision la date et l'endroit de ses voyages. Revenir aux Enfers n'était pour lui jamais un problème, l'éternité ne pouvant être mesurée. Cependant circuler sur Terre ou ne serait-ce qu'y arriver, pouvait être catastrophique sans le chronographe.

Ce chronographe, il l'avait construit lui-même avec beaucoup de patience. L'idée lui était venue au retour d'un de ses voyages sur Terre au XVIIIe siècle, suite à une rencontre tout à fait fascinante avec un certain *John Harrisson* qui, jadis, avait inventé un chronographe pour la marine. Depuis il aimait souvent revenir à cette époque où tant de choses avaient eu lieu sur Terre.

Cette fois-ci, *Lucifer* eut envie de laisser le hasard décider… enfin pas tout à fait, car tout le monde sait très bien que le Diable aime la précision. Aussi il choisit comme destination, Grenoble, en France et laissa le chronographe choisir précisément un lieu et une date au XVIIIe siècle. En pressant le remontoir pour lancer son voyage, il eut un flash. La dernière fois qu'il avait laissé le chronographe choisir son lieu de destination à sa place, il avait manqué de peu d'être renversé par une calèche et un humain l'avait sauvé de justesse. Hélas, cent fois hélas ! Il était trop tard, le voyage avait commencé !

Le temps était magnifique en ce dimanche 1727, pas un nuage à l'horizon, juste le bleu du ciel, s'était dit *Lucifer* en apparaissant au coin de la rue Brocherie… et surtout aucune calèche en vue pour le renverser cette fois-ci ! Mais le Diable avait parlé trop vite. Un jeune homme empêtré dans ses pensées, les bras chargés de tout un bric-à-brac courait vers lui sans le voir. Patatras ! Le choc fut rude et le Diable se retrouva par terre au milieu de tout un capharnaüm de pièces de bois ou de métal dont il n'arrivait pas à comprendre l'usage. *Lucifer* était déjà suffisamment vexé que son arrivée soit encore une fois calamiteuse mais que dire lorsqu'il vit au milieu de toute cette pagaille, les débris de son magnifique chronographe ? Une fureur comme jamais l'envahit ! Il eut subitement une envie folle de brûler toute la ville et il en fallut de peu que le jeune homme ne se retrouvât pas réduit en cendres dans l'instant. En fait celui-ci se mit à pleurer en apercevant les débris du chronographe ce qui décontenança complètement *Lucifer*. Le jeune homme ramassa toutes les pièces du précieux chronographe, une à une, très méticuleusement et avec une grande délicatesse. Entre deux sanglots, il s'extasiait à chaque fois et jurait qu'il n'avait jamais vu de sa vie un si bel ouvrage. Le Diable en fut flatté, après tout il n'avait passé que 666 ans à imaginer le mécanisme et 333 ans à le réaliser. Le jeune homme se confondit en excuses et lui assura de pouvoir le réparer s'il lui laissait l'honneur de lui confier une telle œuvre d'art. *Lucifer* douta. Comment un tel homme pourrait réparer ce qui lui avait pris près de mille ans à réaliser ? Mais en y réfléchissant un instant, le Diable se dit qu'il ne pouvait pas être perdant dans l'affaire. Soit le jeune homme réussissait et il n'aurait qu'à le récompenser, soit il échouait et foi de démon, il en ferait sa marionnette pendant cent ans. Qu'importe ce qu'il adviendrait, la chose lui était amusante.

Le Diable s'adressa alors au jeune homme et lui fit une proposition à peu près dans ces termes : « Prends tout ce qu'il te faut pour réparer mon chronographe, si tu ne réussis pas dans cette tâche tu en paieras les conséquences et tu devras me dédommager, mais si tu réussis je saurai te récompenser comme il se doit. Cependant prends garde, s'il te vient à l'esprit de pouvoir me berner ou me voler, sache qu'il t'en cuira. Le châtiment que je te réserverais alors, sera bien le plus atroce que le plus atroce des châtiments qu'il existe sur Terre. En attendant, vas ! Je séjournerai cette semaine au Logis de la Tour. Reviens me voir dans cinq jours ou je saurai te retrouver et te faire respecter cet engagement ! ». Et pour que tout soit en règle, *Lucifer* sortit un papier et une plume de son sac de voyage et écrivit les termes du contrat. *Lucifer* signa d'un nom qu'il s'était inventé, « Comte de Méphisto », tandis que le jeune homme signa « Jacques de Vaucanson ». Une fois que le jeune *Jacques de Vaucanson* eût apposé sa signature, *Lucifer* lui demanda ce qu'il comptait faire de tout son bric-à-brac. Jacques lui répondit qu'en l'honneur de l'inspecteur général de l'Église qui venait ce soir dîner dans l'abbaye, il avait imaginé une machine, une sorte de petit téléphérique, capable de transporter les plats et de servir leur hôte. « Voilà bien une idée saugrenue ! » avait pensé le Diable. Pourtant l'idée de voir cette machine piquait sa curiosité. Aussi il se dit que ce soir, il irait voir ce qui ce passerait du côté de l'abbaye.

Puis arriva le soir… *Lucifer* ne pouvait pas venir à la table de l'inspecteur comme si de rien n'était même s'il en avait le pouvoir. Aussi il choisit de s'y rendre sous la l'apparence d'une petite souris et observa toute la scène depuis un trou dans le mur.

Le jeune Jacques avait bel et bien fait ce qu'il lui avait dit plus tôt dans la matinée. Un petit téléphérique se chargeait de transporter les plats jusqu'à une espèce de gros bonhomme, très richement habillé et visiblement d'une arrogance sans limite. Ce devait être sans nul doute l'inspecteur général de l'Église, un futur locataire, se disait le Diable. Le problème était que la machinerie semblait très faible et montée à la hâte. Aussi tout s'était bien passé jusque là avec les entrées, beaucoup plus légères, mais qu'adviendrait-il pour le plat de résistance qui était à présent annoncé : « Poulet rôti dans sa sauce aigre-douce ». La petite souris se faufila le long du mur pour mieux voir la scène. Le jeune Jacques chargea le plat dans la nacelle puis tourna la petite manivelle pour le faire avancer. Mais au bout d'une minute, la potence céda et le plat termina son vol sur la tête de l'inspecteur qui couvert de sauce hurla qu'on jette cette machine infernale au feu et qu'on n'oublie pas d'y jeter aussi son créateur !

C'est ainsi que l'on détruisît l'atelier du jeune homme et qu'on lui demandât de se consacrer à des choses plus sérieuses s'il voulait prononcer ses vœux. Mais le jeune Jacques ne put renoncer à sa passion pour les choses mécaniques et il décida de quitter les Ordres.

Le Diable continua ses affaires durant toute la semaine sans s'occuper du jeune homme bien qu'il en espérait la venue chaque jour. Le vendredi arriva donc et le jeune Jacques se présenta à l'auberge en demandant à voir le Comte de Méphisto comme cela avait été écrit. *Lucifer* était assis à la table la plus sombre de l'auberge et patientait en dégustant la spécialité de la maison. Lorsqu'il aperçut la mine penaude de Jacques, *Lucifer* sut immédiatement que le jeune homme avait échoué dans sa tâche. Malgré tout, il salua tout de même son courage. D'ailleurs pour cette raison, il saurait se montrer un peu plus clément dans la punition qu'il réservait au jeune Jacques. Tout le monde sait que le Diable punit toujours à sa juste raison. Aussi *Lucifer* fut extrêmement surpris de voir dans les mains de son hôte, son chronographe parfaitement réparé. Il l'examina sous tous les angles et toutes les coutures afin de déceler une quelconque supercherie. Non rien de rien ! C'était bien son chronographe et *Lucifer* était très impressionné. Or le Diable ne s'impressionne jamais, c'est dire... Le jeune homme voulut prendre congé, arguant qu'il avait réparé les dégâts qu'il avait occasionnés et que cela ne méritait aucune récompense ni même le verre de vin que lui offrit de partager *Lucifer*. Mais le Diable n'aime pas être contrarié aussi il lui fit une nouvelle proposition. « Comme tu m'as l'air d'être un homme honnête, en récompense, je te propose d'exaucer trois de tes souhaits les plus chers. Mais attention, il faut que tu le souhaites vraiment, sinon cela ne comptera pas. Pour cela, tu n'auras qu'à m'appeler trois fois à haute voix et je me tiendrai devant toi ! »

En entendant la proposition, le jeune homme sourit. *Lucifer* comprit immédiatement qu'il n'en croyait pas un mot. Aussi plongea-t-il son regard dans les yeux de *Jacques de Vaucanson* et lut son âme : « Je vois que ton souhait le plus cher est de créer une machine à l'image de l'homme ! C'est ambitieux ! Mais pour cela il te faut étudier à Paris la mécanique et l'anatomie. Comment feras-tu sans un sou ? »

Jacques de Vaucanson ne sut quoi répondre, le Comte de Méphisto était soit un magicien soit un homme bien informé. Pourtant jamais il n'avait parlé de ses projets à quiconque. Le Diable posa sur la table un énorme sac rempli de pièces d'or et le glissa vers le jeune homme. « Considère ceci comme ma participation à tes projets, lui dit-il. Si tu l'acceptes, il t'en coûtera ton premier vœu… » Jacques eut à peine posé la main sur le sac que *Lucifer* s'évapora.

Le vœu de *Jacques de Vaucanson* se réalisa alors bien des années plus tard lorsqu'il réussit à inventer un automate qui imitait parfaitement un joueur de flûte traversière. Mais ses économies avaient fondu et il dut travailler à des projets plus sérieux et lucratifs même si quelques-unes de ses inventions farfelues avaient connu un vif succès auprès du public. Le temps avait passé et il en avait oublié le Comte de Méphisto.

Les années filèrent à nouveau et Jacques fut nommé par le roi de France, Louis le quinzième, inspecteur des manufactures de soie du royaume. C'est ainsi que *Jacques de Vaucanson* se rendit un lundi de 1744 pour superviser l'installation des nouvelles machines à la manufacture de soie de Lyon. L'homme s'attendait à un accueil chaleureux et enthousiaste de la part des ouvriers mais ce fut le contraire ! Les ouvriers furieux de voir leurs avantages disparaître et craignant de perdre leur emploi, l'accueillirent à coup de pierres et de jurons puis se mirent à le poursuivre dans les rues et ruelles de la ville. Jacques ne donnait pas cher de sa peau et courut aussi vite qu'il le pût... Le souffle lui manqua, il s'engouffra alors dans une petite église et se cacha dans le confessionnal. Là, il se mit à gémir de ses malheurs et se confessa. Mais au lieu de recevoir un je ne sais quel « ave maria » ou « pater noster », le prêtre lui demanda pourquoi il ne l'avait pas appelé plus tôt. À travers la petite fenêtre du confessionnal, Jacques reconnu alors le Comte de Méphisto.

« Jacques ! Je suis déçu, tu m'as oublié, pourtant je peux encore réaliser deux de tes vœux si tu le souhaites vraiment ! » lui murmura le Diable avec une douceur qui lui était peu familière. *Jacques de Vaucanson* lui annonça que rien ne serait être plus cher pour lui que de se retrouver en sécurité loin de ces émeutes. Le Diable retira la robe qu'il portait et la lui remit en ajoutant que tant qu'il la porterait, il serait invisible aux yeux de tous. Jacques se déguisa donc en prêtre et sortit de la ville sans être inquiété. Son deuxième vœu était consommé.

Jacques de Vaucanson se remit au travail et à ses machines. Il trouva même l'amour auprès d'une femme nommée Magdelène. Cependant, Jacques n'eut point de chance et son amour fut bien éphémère. La jeune femme mourut en donnant naissance à une petite Angélique. Ce rayon de soleil empêcha Jacques de tomber dans l'amertume et la solitude. Il se consola donc en se consacrant de toute son âme à sa fille et à son travail. Cependant, vers l'âge de six ans, l'enfant tomba gravement malade et fut en proie à de violents cauchemars qui effrayaient même les médecins. Personne n'en connaissait la raison et Jacques, désespéré, ne sachant plus que faire, se souvint du comte et de son troisième et dernier vœu. Un matin, il appela donc trois fois le Comte de Méphisto qui comme par enchantement sonna à sa porte dans la minute qui suivit.

Jacques lui expliqua alors ses tourments et son désespoir. Il lui remit la vie de sa fille entre ses mains pensant que seul le comte pouvait la sauver. *Lucifer* en fut particulièrement touché. Généralement les humains dans leur bêtise l'invoquaient pour réaliser toutes sortes de maléfices ou provoquer le mal ou la destruction et lui offraient même leurs âmes. Cependant, jamais il ne leur avait cédé, tant ces idées le révulsait. Or aujourd'hui, on lui demandait de sauver quelqu'un et il en avait perdu l'habitude depuis sa révocation. *Lucifer* réfléchit un instant et demanda à ce qu'on le laissât seul avec l'enfant, pendant quatre nuits.

La première nuit, *Lucifer* attendit que l'enfant s'endorme puis l'observa durant son sommeil. Angélique avait peur de s'endormir pourtant la présence du Diable à son chevet la rassura. Très vite *Lucifer* se rendit compte que sa maladie provenait de ses angoisses qui la déchiraient. *Lucifer* décida donc de visiter ses rêves la deuxième nuit.

Le lendemain, le Diable se glissa dans les rêves de la petite fille. Au milieu d'une immense salle très sombre, des machines affreuses mi-homme, mi-animal, enchaînées aux murs, s'agitaient dans des crissements atroces. Au fond, un automate aux yeux rouges la regardait silencieusement. Il avait l'apparence d'un homme mais aussi la grâce et les attributs de la féminité. Cette ambigüité le rendait très inquiétant. Pourtant, la petite fille se sentit étrangement attirée par l'automate et s'avança précautionneusement. Arrivée à sa portée, d'un coup, la machine la saisit, ouvrit une gigantesque bouche dentée puis s'apprêta à la dévorer. Immanquablement, Angélique se réveilla en pleurs et en sueur. *Lucifer* se rappela alors son premier amour, cette poupée aux longs cheveux noirs et aux yeux comme l'océan. Il se rappela surtout comment il avait puni l'affreux cousin en le plongeant dans un cauchemar atroce. Il comprit alors que la seule solution était de transformer le cauchemar d'Angélique en rêve pour apaiser ses tourments. Mais pour cela, il fallait qu'elle s'endorme paisiblement. Aussi il lui vint une idée.

Le troisième jour, *Lucifer* demanda à Jacques de lui fournir un petit sac de sable, le plus fin qu'il puisse trouver. Jacques s'exécuta mais voulut quand même savoir, ce qu'avait découvert le comte. *Lucifer* lui expliqua que la santé de sa fille s'améliorerait bientôt mais que sa plus grande inquiétude provenait des machines qu'il inventait. Jacques ne put se résoudre à détruire ses machines mais que pour la santé de sa fille chérie, il les ferait disparaître de sa maison. Le jour même, il les fit expédier chez un ami, pensant qu'un jour, ses inventions donneraient l'envie à d'autres de se passionner pour la mécanique. Ainsi la nuit du troisième jour, *Lucifer* posa le petit sac au pied du lit. La petite fille le questionna sur le sac et le Diable lui répondit que le sable a cela de magique qu'il suffit de le regarder voler pour qu'il nous aide à nous endormir. Puis il prit une bonne poignée de sable qu'il fit glisser d'une main à l'autre tout en soufflant dans la direction d'Angélique. Le sable arriva dans les yeux de la petite fille qui les referma immédiatement. Aussitôt les yeux fermés, Angélique tomba dans un profond sommeil. Le Diable se glissa alors à nouveau dans son rêve. Les horribles machines étaient toujours là qui s'agitaient et l'inquiétant automate l'observait silencieusement sans la quitter du regard. Comme la dernière fois la petite fille s'approcha de l'automate. Mais au fur et à mesure qu'elle avançait, elle reconnut cette fois le visage de son père. Encore un pas et ce fut le visage de sa mère qu'elle aperçut. Elle continua encore... Cette fois l'automate lui souriait. La machine marcha alors vers elle puis lui caressa le visage tendrement. Ensuite elle lui prit la main et l'emmena voir les autres machines. Dès que la petite fille s'approchait d'une machine, celle-ci s'apaisait immédiatement, se mettait à dormir ou bien jouait une musique douce.

Angélique n'avait plus peur. L'automate lui expliqua que les machines étaient l'invention des humains et qu'elles étaient malheureusement toujours laides et inquiétantes car elles ne possédaient pas d'âme. Ces machines n'étaient capables d'imiter que ce qu'on leur montrait. Aussi, tant qu'elle montrerait de l'amour pour une machine, celle-ci lui rendrait le même amour. Cette nuit là, Angélique dormit d'un sommeil paisible.

Le quatrième jour, *Lucifer* demanda à Jacques de faire déposer au pied du lit de sa fille, chaque jour et ce jusqu'à ses dix ans, un petit sac de sable. Cette fois, *Lucifer* n'alla pas dans la chambre de la petite fille mais passa la soirée et peut être même toute la nuit avec *Jacques de Vaucanson*. Bien sûr, personne ne sut ce qu'ils se racontèrent mais au petit matin, tous purent constater que la santé d'Angélique s'était grandement améliorée.

Le Diable décida alors qu'il était temps pour lui de prendre congé de son hôte et qu'il avait rempli sa part du marché en réalisant son troisième et dernier vœu.

Avant de partir, *Lucifer* voulut néanmoins lui rappeler l'importance du petit sac de sable. Il fallait impérativement que le sable soit jeté dans la rivière chaque matin car il absorbe les terreurs nocturnes. Jacques comprit parfaitement ce qu'il fallait faire. Aussi, chaque jour de son existence et ce jusqu'aux dix ans de sa fille, il demanda si le marchand de sable était passé remettre le petit sac et chaque jour au petit matin il vidait le sable dans la rivière. Jamais plus Angélique ne tomba malade, ni n'eut de cauchemars... Le Comte de Méphisto ne revint plus voir *Jacques de Vaucanson*... Mais ici et là, dans toute l'Europe, on vit un étrange marchand de sable distribuer aux parents d'enfants agités des petits sacs remplis d'un sable d'une finesse incomparable. Certains disent même, qu'après son passage, les enfants s'apaisent et s'endorment comme par magie...

~ 8 ~
La cloche d'airain

Si en d'autres endroits, il eût été habituel de sonner des trompettes pour annoncer une nouvelle arrivée et souhaiter la bienvenue, rien ici ne venait briser le silence sinistre et assourdissant qui régnait en ces lieux. Ce calme omniprésent en aurait rendu fou plus d'un locataire et c'est à peine si le maître des lieux ne le supportait, lui qui aimait tant la musique autrefois.

Aussi, un jour plus triste et lugubre que les autres, témoignant de l'arrivée d'un grand nombre de nouveaux locataires, il n'y tint plus ! Il décida qu'il était grand temps de changer les règles, quitte à ce que « là-haut », on lui en fasse le reproche. Mais qu'avait-il vraiment à perdre ? Il actionna son chronographe et s'en remit à lui pour être propulsé quelque part, là où il pourrait trouver une solution digne de lui et surtout en finir avec ce silence.

C'est ainsi qu'il arriva en 1655 dans la charmante ville de Moulins située entre Nevers et Vichy. Il faisait nuit et autour de lui rien ne l'enchantait. Tout d'abord, il ne comprit pas pourquoi son chronographe l'avait envoyé ici. Puis le brouhaha d'une foule en cris attira son attention. Les bruits provenaient du centre de la ville et il y aperçut une lumière orangée qui lui rappela son chez-soi. Il se mit alors en marche vers l'origine de ces bruits, bien décidé à comprendre ce qu'il se passait.

En arrivant sur place, il constata que le beffroi de la ville était en flammes. Au pied de l'édifice, la foule criait ou pleurait devant ce spectacle qui, lui, le fascinait. Il aima observer comment les flammes grignotaient chaque recoin de bois dans un joyeux crépitement et voir la pierre qui craquait sous la chaleur. Tout en haut, le jaquemart en feu continuait de frapper la cloche, sans que personne ne sache pourquoi, ni comment. Les notes qu'il produisait le ravirent. « Voilà bien un son qui me plairait d'avoir chez moi ! » pensa-t-il tout haut.

Il entendit alors une voix non loin de lui qui lui répondit : « C'est grâce à moi s'il sonne encore, vous savez ! ». C'était un vieil homme, pas très grand, enfin bien plus petit que lui, le visage rugueux et sans charme. Il était affublé d'un habit de grenadier royal tout rapiécé. L'homme nageait tellement dans son vêtement qu'il était certain que seul son uniforme avait fait la guerre.

— Que dis-tu là, vieil homme ?

— Je vous disais, Monseigneur, que s'il sonne encore c'est grâce à moi !

— Qu'entends-tu par cela ?

— C'est moi qui l'ai sculpté et ma mécanique est si parfaite qu'elle résiste aux flammes, voyez par vous-même !

Le brave jaquemart frappait toujours vaillamment la cloche au milieu du brasier. Cependant, la couche de métal qui recouvrait le pantin de bois avait commencé à fondre. D'ici quelques minutes, tout au plus quinze, c'en serait fait de lui et de son carillon. Les flammes avaient atteint la charpente du clocher et dévoraient à présent les poutres de chêne. Rien ne semblait les rassasier. Le sort du beffroi était scellé et ce n'était pas les quelques seaux d'eau jetés désespérément par les hommes du prévôt qui changeraient quelque chose à son destin.

Soudain un grand bruit créa la stupeur. Le toit venait de céder et la cloche fut projetée dans l'abîme ! Elle entraîna dans sa chute, le courageux jaquemart qui se broya et disparut au milieu des débris du clocher. Le vieux grenadier essuya une larme et eut cette parole insolite : « Paix à ton âme, mon brave Jacques ! ».

— Mais pourquoi dites-vous cela ? Votre marionnette ne possède pas d'âme.

— C'est que voyez-vous, Monseigneur, j'y ai mis bien plus que mon cœur dans ce pantin. À mon âge, je savais qu'il serait le dernier automate que je créerais alors j'y ai mis tout mon cœur et mon âme.

— C'est absurde ! répondit *Lucifer*. Je la vois très bien votre âme ! J'y décèle même quelques noirceurs qui disparaîtraient bien vite après un petit séjour chez moi.

— Certes, Monseigneur, je ne suis pas très fier de ma vie mais je ne pourrais jamais corriger mes erreurs passées ni avoir la femme et les enfants dont j'ai toujours rêvé de chérir. Mais je vous remercie pour votre bonté.

Décidément ce personnage l'intriguait et une idée commença à germer dans la tête de *Lucifer*.

— Que dirais-tu si je te commandais de réaliser un jaquemart pour moi ?

— C'est comme je vous l'ai dit, Monseigneur, je suis trop vieux pour cela !

— Mais je peux te payer grassement !

— Voyons, je ne profiterai pas de votre argent, je serais certainement mort avant ! Vous savez, je suis de santé fragile.

— Chercherais-tu à négocier ?

— Moi ? Je ne permettrais pas, Monseigneur, je suis simplement vieux et malade.

— Justement, avec cet argent tu pourrais t'offrir les meilleurs médecins !

— Vous êtes sérieux ? Moi je trouve plutôt que la mort arrive bien plus promptement entre leurs mains.

Certes *Lucifer* avait oublié un instant qu'à cette époque la médecine n'était guère salutaire, ni bien efficace.

— Voyez-vous si j'acceptais, vous ne gagneriez qu'à faire une mauvaise affaire avec moi. Et comme vous l'avez dit justement tout à l'heure, j'aimerais bien ne pas rajouter d'autres noirceurs à celles que je porte déjà.

Ces derniers mots finirent de convaincre *Lucifer* de donner à cet homme une seconde chance. Aussi, il continua de la sorte :

— Bien ! Et si je te disais que j'ai le pouvoir de te rendre ta jeunesse, refuserais-tu encore ma proposition ?

— Monseigneur me prend peut-être pour un imbécile ? Il faudrait que vous soyez Dieu ou le Diable pour réaliser un tel souhait. Or je ne vois en Monseigneur qu'un homme... et aucun homme sur cette terre n'a jamais trouvé d'élixir de jouvence.

— Justement, moi, si... et si nous scellons notre accord, je te rends dans l'instant ton corps de jeune homme.

Lucifer sortit de son cabas une petite écritoire en bois et entreprit de rédiger un contrat. Quelques minutes après il tendit la page au grenadier en lui indiquant où il fallait signer.

— Ne dois-je pas signer de mon sang pour ce genre de chose ?

Lucifer éclata de rire...

— S'il te chante de signer de ton sang, tu peux le faire. Cela donnera seulement plus d'obligations à ce contrat, moi je n'exige de toi que ta signature !

— Plus d'obligations ?

— Oui lorsque l'on signe de son sang, un contrat devient impossible à annuler pour les deux parties... et c'est plus solennel, mais c'est une calamité pour les affaires.

— Je vais signer de mon sang, comme ça vous serez obligé de respecter votre promesse.

Lucifer en fut vexé mais il ne le montra pas. Lui ? Manquer une promesse ? Silencieusement il observa son partenaire se planter la pointe de la plume dans le doigt sans grimacer. La goutte de sang qui coula suffit pour réaliser la signature au bas du contrat. *Lucifer* fit de même et signa comme à son habitude du nom de « Comte de Méphisto ». L'affaire était entendue. *Lucifer* tira alors de sa poche une petite fiole remplie d'un drôle de liquide bleu.

— Tiens, bois cela et dans la minute, tu gambaderas comme un jeune homme.

— Qui me dit que vous ne voulez pas m'empoisonner ?

— Si cela peut te décider, regarde, j'en bois aussi !

Il but alors quelques gorgées puis tendit la fiole au vieux grenadier.

— Mais il ne se passe rien, vous m'avez trompé !

— Voyons, il ne te vient pas à l'idée que j'ai déjà pris ce produit auparavant ! Que tel que tu me vois, j'ai derrière moi plusieurs centaines d'années d'existence !

— Euh...

— Écoute, la seule chose dont tu peux être certain, c'est que ce n'est pas du poison car je ne suis pas mort, non ?

À ces mots, le grenadier finit d'avaler le reste du produit et tel que l'avait promis *Lucifer*, le vieil homme rajeunit en un instant.

Il n'en croyait pas ses yeux ! Il sautait dans tous les sens avec un corps de jeune homme. Il avait désormais 20 ans, le plus bel âge. L'uniforme tout à l'heure beaucoup trop grand pour lui, était à présent d'une élégance folle malgré la misère de l'étoffe. D'ailleurs cela ne plut pas à *Lucifer* ! Aussi, il tira de son cabas un uniforme neuf que l'homme s'empressa d'enfiler.

— Eh bien mon brave, te voilà jeune et séduisant...

— C'est miraculeux !

— Tu vas donc pouvoir me créer mon jaquemart à présent.

— Tous les jaquemarts que vous voudrez Monseigneur !

— Holà... un seul me suffira mais il devra être de toi.

— Pourquoi voulez-vous que je vous réalise un jaquemart ? Avec la fortune que peut vous procurer votre élixir de jouvence, vous pourriez vous offrir tous les automates du monde !

— Cela me regarde, ce ne sont pas tes affaires ! Contente-toi de réaliser un pantin qui puisse exprimer la rédemption et l'expiation.

— La rédemption et l'expiation ? Mais c'est impossible, je ne saurais pas comment faire. Pour cela il me faudrait connaître les Enfers et je n'y tiens pas vraiment...

— Ah bon ? Pourtant je suis certain qu'une place t'y attend... pour quelques siècles seulement, rassure-toi !

À ses mots *Lucifer* prit le visage de l'homme entre ses mains puis plongea ses yeux dans les siens, au plus profond de son âme. La vision des atrocités qu'il lui montra le terrifia à tel point que son corps sembla fait de pierres. Après quelques secondes, *Lucifer* lui rendit son esprit. L'homme tremblait et suait comme si toute la mer s'était déversée sur lui.

— Et maintenant ? Te sens-tu l'âme créatrice ?

— Comment avez-vous fait ça ?

— Je sais manipuler les rêves, voilà tout ! répondit humblement *Lucifer*.

— Et bien ne me touchez plus et je vous donnerai le jaquemart !

— Bien ! Je reviendrai te voir d'ici deux mois, et si je suis satisfait, je réaliserai tes désirs.

Le temps d'un clignement de paupière, *Lucifer* disparut au milieu de la foule.

Le jeune homme admira encore un instant son corps magnifique et se pinça plusieurs fois pour vérifier qu'il ne rêvait pas. Puis il se dit qu'il pourrait bien tirer profit d'un tel homme, riche à souhait. Avant tout, il lui faudrait réaliser son jaquemart.

Deux mois passèrent et le jeune homme avait travaillé comme un forcené. Il y avait dans son atelier une dizaine de jaquemarts tout aussi incroyables les uns que les autres. Celui-ci avait un visage tellement effroyable qu'il faisait pleurer les enfants dès qu'ils l'apercevaient. Celui-là était tellement torturé par le remords qu'on aurait voulu immédiatement le soulager… Celui-là encore faisait pénitence avec une telle sincérité qu'on eût cru que le paradis lui était offert. Un matin, *Lucifer* se présenta à l'atelier…

— Tu as bien travaillé ! Tu m'impressionnes… lui glissa-t-il. Et chacun sait que le Diable ne s'impressionne guère… C'est dire s'il était satisfait !

Le jeune homme se frottait les mains à l'idée de la récompense qu'il allait recevoir. *Lucifer* resta un long moment dans l'atelier à inspecter minutieusement chaque automate. Il les caressait pour mieux en éprouver les formes. Le choix lui était difficile mais contre tout attente, il désigna le plus insignifiant et le moins expressif des jaquemarts. Ce choix étonna le jeune homme.

— Je ne comprends pas un tel choix Monseigneur ! Votre commande était pourtant fort claire. Vous souhaitiez un jaquemart qui exprime l'expiation et la rédemption...

— Ne t'inquiète pas. Tu as fort joliment réalisé ma commande et je suis entièrement satisfait. Mais vois-tu, la douleur est propre à l'âme. Le tourment de l'une n'est pas celui d'une autre. Tes cauchemars ne sont pas les miens ni ceux d'un autre ! Comprends-tu ? Or finalement, le jaquemart que je préfère est celui qui n'exprime rien.

— Bien... si tel est votre désir...

— Est-il aussi fort que celui que tu as fait pour la ville ?

— Monseigneur n'a rien à craindre, celui-là pourrait même supporter tous les feux de l'Enfer...

— Tu m'en vois ravi ! Demain tu trouveras devant ta porte 20 lingots d'or. Tu en garderas cinq pour toi et le reste tu le fondras pour en recouvrir tous les jaquemarts. Une fois ton travail fini tu siffleras dans le sifflet que je te donnerai et une voiture passera les chercher.

Lucifer sortit de sa poche un petit sifflet en argent et le tendit au jeune homme qui le prit sans hésiter et le rangea au fond d'une boîte qui se trouvait là.

— Dis-moi, connais-tu quelques fondeurs qui pourraient me réaliser la cloche ?

— Si Monseigneur m'en confie la tâche, je me fais un devoir de lui fournir la plus pure des cloches qu'il lui aura été donné de voir… et d'entendre.

Le jeune homme n'avait pas très envie de voir son bienfaiteur donner sa fortune à quelqu'un d'autre et l'idée de toucher quelques lingots supplémentaires l'enchantait.

— Soit ! Je te fais confiance. Si tu réussis… Je ferais en sorte que tu n'aies plus à te soucier de ton bien-être de toute ta vie et plus encore… et je réaliserai ton rêve le plus cher.

Le jeune homme qui voulait s'assurer qu'une telle richesse ne pouvait pas lui échapper, proposa de signer de son sang un nouveau contrat. *Lucifer* ne voyait pas la nécessité de rédiger un tel contrat maintenant que la confiance était installée, mais il se contraint à le faire devant l'insistance du jeune grenadier.

Le contrat signé, *Lucifer* lui promit de lui envoyer un chariot d'or et d'airain à chaque fois qu'il sifflerait dans l'instrument qu'il lui avait confié. Il lui donna alors un nouveau délai de deux mois puis disparut à nouveau le temps d'un clignement d'œil.

Le lendemain, comme il l'avait dit, 20 lingots d'or furent déposés devant l'atelier du jeune homme. Le jeune sculpteur réalisa le travail convenu et recouvra tous les jaquemarts d'une fine couche d'or. Puis il garda pour lui cinq lingots. Mais en tenant dans ses mains l'or, il comprit que personne ne saurait combien il en avait utilisé. Aussi chaque jour il siffla dans l'appeau et un chariot rempli d'or et d'airain apparut comme par enchantement. Au début, il utilisa l'or et l'airain pour les fondeurs.

En quinze jours à peine, la cloche fut réalisée. Elle était de toute beauté. Elle avait été fondue avec grand soin et sculptée de multiples personnages avec une rare précision. L'airain, quant à lui, était d'une telle pureté que le son qui se dégageait de la cloche lorsqu'on la frappait atteignait le fond de l'âme et la faisait vibrer.

Le travail était terminé et nul doute que le Maître serait satisfait. Mais le jeune homme se mit en tête de s'enrichir un peu plus. Aussi chaque jour durant, il continua à siffler et chaque jour, un chariot rempli d'or et d'airain apparut. Il vendit l'airain et accumula l'or. Sa richesse attira tous les marchands véreux et les escrocs des environs et le jeune grenadier prit très vite goût à une vie d'opulence et de luxure.

Les jours passèrent dans l'insouciance et le délai se termina.

Lucifer arriva à l'atelier mais il ne vit personne. La maison était vide. Il demanda au voisinage ce qu'il était advenu du jeune grenadier qui vivait là. Une voisine lui répondit que celui-ci était devenu si riche qu'il vivait à présent dans une maison somptueuse à la sortie de la ville. Celle-ci était fort reconnaissable à cause du personnage qui en ornait l'entrée.

Lucifer fut contrarié de ce déménagement mais resta optimiste. Le travail que le jeune homme avait réalisé jusque là avait été plus que parfait. Aussi il se mit en chemin et traversa la ville pour arriver dans les faubourgs. Là il trouva sans mal la maison du jeune homme. Celle-ci transpirait le luxe de tous les orifices et à l'entrée, un jaquemart semblait garder la porte. D'ailleurs il lui sembla familier et en le regardant plus attentivement, il reconnut… son propre visage.

— Le bougre a réalisé un jaquemart à mon image, quelle audace et quel affront ! pensa-t-il. Il sonna et la porte s'ouvrit. Un domestique habillé à la façon d'un grand vizir apparut et demanda son identité.

— Annonce-moi à ton maître, je suis le Comte Méphisto… Il me recevra !

Le domestique disparut puis le jeune grenadier arriva en courant. Il était revêtu d'une robe de chambre brodée de fils d'or et empestait le parfum féminin.

— Monseigneur, quelle joie de vous revoir…
— Hum ! Je vois que les jours t'ont bien profité…

— Oui les affaires sont bonnes, je ne me plains pas. Votre commande est tout juste terminée mais je suis certain qu'elle répondra à vos désirs.

— Juste terminée, dis-tu ?

Le comte, à qui on ne pouvait rien cacher, perçut immédiatement le mensonge ce qui le chagrina plus que cela ne le mit en colère. Cependant, il décida de ne rien montrer.

Le jeune homme l'entraîna alors dans une pièce complètement vide. Au milieu de celle-ci, trônait une masse difforme recouverte d'un drap blanc. Le jeune grenadier tira le drap et la cloche se révéla...

Elle était effectivement somptueuse mais de petite taille, tout au plus un mètre de haut et autant de circonférence.

— Tu dis vrai, elle me plaît ! Mais pourquoi est-elle si petite ?

— À vrai dire Monseigneur, il a fallu réaliser de très nombreux essais avant d'atteindre cette perfection. À chaque fois il a fallu tout jeter...

— Tout de même, avec tout le métal que je t'ai envoyé elle aurait pu être plus grande... Et puis qu'as-tu fais de l'or ?

— Monseigneur constatera que la cloche est par le dessous revêtue d'une bonne couche d'or... C'est ce qui lui donne ce son si particulier... Le reste a servi à payer les charges et elles ont été très lourdes !

Le visage de *Lucifer* s'assombrissait au fur et à mesure que le jeune homme s'enfonçait dans ses mensonges. Il avait été berné mais la déception l'emportait.

— Sonne-t-elle juste au moins ?

— Jugez vous-même !

Le jeune homme attrapa un petit marteau qui était posé à proximité et la frappa d'un coup sec. La note qui se dégagea fit vibrer les murs de la pièce et *Lucifer* ressentit sur lui toute la puissance de la vibration.

— Oui tu as bien travaillé... mais tu m'as trompé !

— Vous avez signé de votre sang ! Le travail vous plaît alors vous devez maintenant honorer votre promesse !

Lucifer était embarrassé. Le travail était accompli, certes, mais le contrat n'avait pas été respecté car malhonnêteté il y avait eu.

— Je n'ai qu'une parole... soupira *Lucifer*. Je t'ai dit que j'exaucerai ton vœu le plus cher...Tu m'avais dit jadis que tu regrettais ne pas avoir eu ni femme, ni enfant...

Aussitôt, une magnifique jeune femme aux yeux remplis d'amour entra. À ses côtés, une petite fille et un jeune garçon d'une beauté indéfinissable lui souriaient. Le jeune homme les regarda dédaigneusement, arguant qu'un tel souhait était celui d'un vieil homme à la fin de sa vie. À présent il était jeune et riche. Aussi il aurait bien le temps de s'occuper plus tard de fonder une famille...

Lucifer claqua des doigts et la petite famille fut instantanément transformée en jaquemart.

— Vois ce que tu perds... Pour ma part j'ai tenu ma promesse !

— Non ! Vous aviez promis que je n'aurais plus de soucis à me faire et ce jusqu'à la fin de ma vie...

— Je t'ai effectivement promis deux choses. La première était de réaliser ton vœu le plus cher et je l'ai fait, même si aujourd'hui tu as changé d'avis. La deuxième chose était que tu n'aurais plus à te soucier de toute ta vie et plus encore...

Lucifer claqua à nouveau dans ses doigts et le grenadier fut changé immédiatement en jaquemart. Mais il n'était pas mort, ses yeux bougeaient encore...

— Vois-tu, je n'aime pas être trompé. Lorsque je signe un contrat, je veux qu'il soit honnête en tous points. Vois maintenant ce que tu m'obliges à faire. Cinq ans ! C'est tout ce qu'il te restait à vivre lorsque je t'ai rencontré. Aussi tu resteras cinq années à contempler ta malhonnêteté sous cette forme au plus haut du beffroi. Puis tu viendras me rejoindre... Et je te promets bien plus que des siècles de rédemption... Puis il se volatilisa...

Les siècles ont passé mais tout en haut du beffroi, un grenadier, sa femme et ses deux enfants, frappent encore vaillamment les cloches. Personne ne sait vraiment comment ils sont arrivés là. Certains disent qu'une sorcière les aurait pétrifiés, d'autres pensent à un généreux donateur... C'est peut être un peu des deux, ne pensez-vous pas ?

~ 9 ~
# Les trois petits ramoneurs

Il y avait autrefois dans la ville de Coblence, trois jeunes frères. Tous trois exerçaient l'honnête profession de ramoneur et comme il ne pouvait en être autrement, tous les trois étaient inséparables. Ils arpentaient les rues toujours en sifflant ou en chantant des airs joyeux. Hans, l'aîné mais aussi le plus grand, n'avait pas son pareil pour grimper le long des toits. Il pouvait rester assis des heures durant sur le sommet d'une maison à contempler la ville et, de là, il parvenait à déterminer à sa seule fumée si une cheminée avait besoin de ses services. Fritz, le cadet, était de bonne taille. Ce qu'il aimait par dessus tout dans son travail, c'était de nettoyer la suie. Il disait que rien qu'en humant le résidu noir des cheminées, il savait s'il se trouvait dans la maison des gens riches ou pauvres et de ce fait, il demandait un tarif toujours raisonnable pour leur service. Quant au troisième, Max, le benjamin et le plus petit d'entre eux, il était capable de se faufiler dans n'importe quel conduit, du plus étroit au plus large sans aucune difficulté. Il savait aussi comment faire danser les flammes dans les cheminées pour ramener un peu de bonheur et de joie dans les maisons.

Leur travail était rude et parfois même dangereux mais ils l'adoraient. Ils n'étaient pas non plus très riches cependant l'argent qu'ils gagnaient honnêtement leur suffisait. À vrai dire, ils étaient heureux comme ça. Ils ne s'occupaient pas de politique, ni de ce qu'il se passait en bas. Le plus important pour eux se trouvait en haut, au dessus des toits, au plus près des nuages, du vent et des étoiles. Leur véritable récompense était le sourire des enfants et la joie qu'ils procuraient lorsque Max jouait avec les flammes dans les cheminées tel un magicien.

Ainsi, leur vie s'écoulait chaleureusement de toit en toit sans que rien ne puisse gâter leur bonne humeur. Pourtant en ce temps là, la ville subissait de nombreux bouleversements et il n'était pas rare que quelques excités ne prennent les armes et ne commencent quelques révoltes ou révolutions, ou simplement ne tirent en l'air pour manifester leur mauvaise humeur. Un jour, un grand malheur se produisit.

Alors que Hans admirait le ciel bleu d'un automne débutant accoudé à une grande cheminée de briques brunes, il ne prit pas garde, comme à son habitude, à ce qu'il se passait dans la rue. Aussi, il n'entendit pas la bande d'ahuris qui descendait la grande place en scandant des slogans hostiles au roi, ni ne vit arriver la troupe de soldats appelée à grand renfort pour s'interposer. Aussi lorsque le sergent ordonna à ses gardes de tirer en l'air en guise de sommation, personne n'aurait pensé qu'un petit ramoneur se trouvait au dessus d'eux. Hans foudroyé par la salve glissa le long de la toiture et finit sa course deux étages plus bas, au beau milieu de la rue. Ce jour-là, il n'y eut qu'une seule victime. Fritz et Max se retrouvèrent alors seuls, terriblement seuls. Aussi, ils décidèrent qu'en mémoire de leur frère, ils se devaient de continuer leur travail sur les toits et que dans chaque cheminée qu'ils nettoieraient, ils graveraient le nom de Hans à l'intérieur.

Cependant le cœur n'y était plus et la bonne humeur que l'on pouvait d'ordinaire percevoir dans leurs sifflements s'était envolée. Plus aucun air jovial ne sortait de leur bouche et c'est à peine si l'on pouvait encore apercevoir un sourire sur leur frimousse barbouillée de noir.

Fritz devenu l'aîné voulu imiter son grand frère et grimper avec la même agilité. Hélas, une tuile mal fixée eut raison de son adresse et ce qui devait arriver, arriva, Fritz tomba et la chute lui fut fatale. Or le petit Max voyant son frère déraper, n'eut plus le courage de continuer seul et de chagrin ou de désespoir, il préféra se laisser tomber dans le conduit de la cheminée qu'il nettoyait.

Depuis ce jour, on n'entendit plus le sifflement des trois petits ramoneurs dans les rues de Coblence, ni leurs chants joyeux et entraînants au dessus des toits.

Il y avait maintenant quelque chose de triste dans la ville, quelque chose manquait mais personne n'aurait pu dire quoi.

Pourtant l'histoire ne s'arrête pas là. Les trois petits ramoneurs se présentèrent alors ensemble aux portes des Enfers. *Baalberith*, le secrétaire général et grand archiviste qui les accueillit, comme il accueillait d'ordinaire les nouveaux arrivants, fut alors très embêté. Il avait beau chercher dans ses grands registres et dans ses listes interminables, nulle part ne figuraient les noms de Hans, de Fritz ou de Max. Le grand archiviste fut d'autant plus ennuyé que les trois frères manifestaient un grand désir de vouloir entrer aux Enfers. Et ça, foi de démon, personne n'avait jamais manifesté l'envie, ni le désir de se trouver là !

Baalberith fut alors contraint de requérir l'aide du maître des lieux et d'un claquement de doigts, tous se retrouvèrent dans la grande salle des sanctions, face au grand *Lucifer*. Celui-ci en entendant son grand archiviste lui expliquer son problème se fâcha plus rouge, qu'il ne pouvait l'être. Il enrageait que Pierre, de par son grand âge et sa vue vieillissante, avait certainement commis quelques erreurs en refusant l'entrée du Paradis à ces trois âmes. Puis, la colère passée de voir une erreur se glisser dans la parfaite mécanique des Enfers, il entreprit de sonder la noirceur des trois petits ramoneurs. Après tout, depuis des millénaires aucune erreur n'avait été commise aussi les trois petites âmes qui se présentaient à lui aujourd'hui, devaient sans nul doute, receler quelques actes malfaisants.

Lucifer regarda au plus profond de Hans et aussi loin qu'il puisse voir, il ne vit qu'un grand ciel bleu rempli d'oiseaux qui chantent. Ce qu'il trouva le laissa pantois. Il décida alors de regarder à l'intérieur de Fritz. Cependant, il ne vit rien de noir en lui, bien au contraire, tout n'était que générosité et bonté. Il en fut totalement écœuré. *Lucifer* commença alors à douter, aussi il utilisa toute la puissance des ténèbres pour percer ce qu'il se cachait dans l'âme du petit Max. Rien ! Rien de rien ! Le grand maître des Enfers ne voyait que des enfants heureux, aux visages radieux et souriants, ce qui lui donna une nausée si forte, qu'au bord du vomissement, il s'effondra dans son grand fauteuil, puis ne bougea plus. *Baalberith* qui n'avait jamais vu son maître dans un pareil état, commença à s'inquiéter et à penser que l'impensable s'était produit : une erreur avait bel et bien été commise.

Mais, au bout de quelques instants qui parurent une éternité, à moins que ce fût l'inverse, le petit Max voyant le Diable fort tracassé, se risqua à parler. Il s'adressa alors à *Lucifer* le plus poliment qu'il le pût et lui déclara qu'ils ne pouvaient demeurer ailleurs qu'ici.

Lucifer intrigué, mais aussi quelque peu soulagé que finalement aucune erreur n'eût été commise, demanda néanmoins quelques explications. Max raconta alors que toute leur vie avait été au dessus des toits, dans le feu, la chaleur et la suie, et que tout cela était la plus belle des choses. Ce qui fit acquiescer le Diable qui partageait bien cet avis, surtout en ce qui concerne le feu et la chaleur. Fritz ajouta à son tour que leur seul bonheur avait toujours été celui de rendre service et qu'ici, trois ramoneurs pouvaient forcément trouver leur place. Le Diable hocha la tête à l'idée qu'un peu d'aide dans ses fourneaux ne serait pas du luxe. Hans, quant à lui, expliqua que certainement aux Enfers, on aurait besoin de quelqu'un qui sache reconnaître une cheminée qui fonctionne mal. *Lucifer* esquissa un sourire qu'il effaça bien rapidement. En effet, habituellement les âmes qui arrivaient aux Enfers, ne venaient pas de leur plein gré ! Et puis, elles étaient ici pour être punies de toutes leurs mauvaises actions ou leur méchanceté. Et là, il n'y avait aucune vilaine action à punir, ni aucune méchanceté. Le problème restait donc entier.

Lucifer pensa d'abord aller faire un petit tour « là-haut » pour rencontrer le vieux bonhomme de la porte et voir s'il ne pouvait pas échanger quelques âmes, et peut-être même faire reprendre ces trois là, dont il ne savait que faire. Mais l'idée même de négocier avec ce vieux barbu le révulsait. Et puis le Diable ne négocie jamais, c'est bien connu.

Ensuite il lui vint l'idée, qu'il ne serait pas farfelu de garder ces trois petits ramoneurs ! Trois âmes de plus ou de moins, cela ne faisait guère de différence et elles pourraient bien lui être utiles dans ses fourneaux. Cependant il considéra très vite cette idée comme irréalisable. La règle aux Enfers étant de punir ceux qui le méritaient, il n'était donc pas question de punir ces trois-là. En plus que dirait-on ? « Aux Enfers, entre qui veut ? » ou encore « les Enfers mieux qu'une cure de thalassothérapie pour âmes en mal d'aventure ? » Non décidément, il ne devait y avoir aucun précédent ! Mais de solution, il n'en trouva pas...

Il demanda alors aux trois petits ramoneurs ce qu'ils désiraient le plus au monde. Hans, Fritz et Max répondirent la même chose. La seule chose qu'ils désiraient le plus au monde, était de courir de toit en toit, ensemble, et ramoner les cheminées. Le Diable fut très étonné par cette réponse qui lui sembla très simple, dénuée de bon sens et même complètement absurde. Cependant le grand *Lucifer* voulut se montrer généreux. Après tout, ce n'est pas tous les jours que des âmes pures désirent entrer aux Enfers ! Aussi il leur proposa de réaliser leur souhait à condition que, en un seul jour, ils parviennent à lui montrer ce qu'il y a de beau dans cette vie misérable de ramoneur. Il pensait que cette proposition résoudrait tous ses problèmes car un jour serait certainement bien insuffisant à ces trois gamins pour le convaincre et dans ce cas, ces trois casse-pieds seraient bien obligés de remonter « là-haut ». Il en serait enfin débarrassé !

C'est ainsi que quatre et non pas trois petits ramoneurs se retrouvèrent sur les toits de Coblence. Le quatrième n'était autre que *Lucifer* qui trouvait l'aventure amusante et ne voulait rien en perdre.

Hans pris le Diable sur son dos et courut aussi vite qu'il le pût jusqu'au plus haut des toits de la ville. De là, ils pouvaient voir toute la cité et même bien au-delà, jusqu'aux premières collines. Le soleil se levait juste et le ciel se tinta de rouge et de jaune. Les fumées s'élevaient lentement en prenant des couleurs chaudes et leurs volutes dansaient dans tous les sens. Le spectacle était pour *Lucifer* d'une toute beauté car cela lui rappelait les âmes tourmentées dans les flammes de l'Enfer.

Fritz fit ensuite sentir à *Lucifer* la suie de plusieurs cheminées et le Diable se surprit lui-même de pouvoir deviner la noirceur ou la pureté des âmes qui occupaient les maisons rien qu'à l'odeur.

Max montra alors au Diable comment il pouvait fasciner et amuser les enfants en faisant danser les flammes dans l'âtre. En voyant ces enfants heureux, *Lucifer* fut tellement horrifié qu'il voulu immédiatement rentrer. Cependant il dut bien convenir que Max avait un effet positif sur les gens et ça lui rappelait sa jeunesse, lorsqu'il était encore un ange.

Le Diable décida alors qu'il en avait assez vu et tous se retrouvèrent à nouveau dans la grande salle des sanctions. *Baalberith* était toujours là, près à inscrire les noms dans les registres. Le grand *Lucifer* s'adressa alors aux trois petits ramoneurs. Il leur dit qu'ils avaient réussi à le convaincre mais que cependant il ne pourrait pas tenir sa promesse. Or d'ordinaire, le Diable tient toujours ses promesses ! Là encore il ne pouvait y avoir de précédent.

En effet, tout grand *Lucifer* qu'il était, il n'avait pas le droit de leur rendre définitivement la vie, sans enfreindre les règles célestes. En plus, ils ne pouvaient pas non plus rester aux Enfers, car tout ramoneur qu'ils étaient, ils n'en étaient pas moins des âmes pures et que leur place n'était pas ici. La déception des petits ramoneurs fut telle que le Diable le ressentit jusque dans son propre cœur. Aussi il leur proposa une autre solution. Si tel était leur souhait de séjourner sur Terre, il l'exaucerait mais pour cela ils ne seraient ni aux Enfers, ni au Paradis. Ils devraient errer sur la Terre au milieu des spectres. Néanmoins, pour un seul jour de l'année et ceci pour chaque année de l'éternité, ils redeviendraient ramoneurs et apporteraient le bonheur et la chance à qui ils souriraient.

Le Diable se trouva fort diaboliquement génial ce jour-là car il put tenir sa promesse sans vraiment enfreindre les règles célestes, ou presque. Oui, car enfin est-il vraiment permis de réapparaître sur

Terre ? Peu importe, toujours est-il que certains ont dit avoir vu à la nouvelle année les trois petits ramoneurs dans les rues de Coblence, d'autres les auraient aperçus à Cologne et d'autres encore disent les avoir vu danser et siffler sur les toits de Berlin. Par contre, tous ceux qui ont pu croiser leur sourire étincelant sur leur frimousse noircie ne se sont pas plaints de la bonne fortune qui leur arriva par la suite.

Aussi, si vous aussi croisez un jour quelques ramoneurs, rendez-leur leur sourire, il vous en sera alors que plus agréable.

~ 10 ~
# Les Schnitzels du Diable

Il existe en Rhénanie non loin de la ville de Bonn, une charmante petite ville au bord du Rhin où il fait bon se laisser vivre, Bad Honnef.

Bad Honnef, comme son nom l'indique, est une ville thermale qui au XIXe siècle vécut l'âge d'or grâce à ses cures connues de toute l'Allemagne.

Ce que peu de gens savent, c'est qu'à cette époque, une maison d'hôte tenue par *Johann Reiner Tillmann* et sa femme faisait la fierté de la région. On venait des quatre coins de Rhénanie savourer les succulents Schnitzels de madame Tillmann. Son mari, non pas peu fier, se vantait que sa femme faisait les meilleurs Schnitzels du monde. Cette réputation attisait, bien sûr, toutes les convoitises et nombreux furent curieux de goûter par eux-mêmes les fameux Schnitzels de madame Tillmann. Cependant, au fil du temps, rien n'ébranlait cette notoriété et tous s'accordaient à dire que les Schnitzels de madame Tillmann étaient un plaisir se situant non loin du paradis ou de la damnation.

Un jour que le Diable s'ennuyait, car le Diable s'ennuie parfois, il décida de venir sur terre pour se divertir. Il avait lui aussi entendu parler des fameux Schnitzels de madame Tillmann et cela avait piqué sa curiosité. Aussi, il adopta l'apparence d'un homme distingué et raffiné pour se rendre dans l'établissement des Tillmann où il prit une chambre pour trois jours.

Le premier soir, le Diable descendit pour dîner et demanda à monsieur Tillmann de l'installer à sa meilleure table. Pour lui qui venait de si loin, les meilleurs Schnitzels du monde ne pouvaient se déguster que dans un endroit parfait. Monsieur Tillmann était fort embarrassé. Il ne s'était jamais posé la question de savoir où était la meilleure table de son établissement. Très gêné, il avoua néanmoins son embarras à son hôte de ne pouvoir le satisfaire et que malgré tout il ferait de son mieux pour lui trouver un tel endroit si celui-ci pouvait lui donner quelques indications. Le Diable lui demanda alors de lui désigner la pire table qu'il avait. Monsieur Tillmann fut à nouveau embarrassé car s'il existait un tel lieu dans la pièce, jamais il n'y placerait un de ses hôtes. Le Diable s'agaça et exigea qu'on plaçât une table dans le coin le plus sombre de la pièce, au plus proche des toilettes. Le pauvre Tillmann ne comprenait pas mais comme il s'y était engagé, il installa son hôte au plus proche des toilettes dans un coin sombre. Toute la salle se moqua mais le Diable ne broncha pas. Il demanda ensuite à monsieur Tillmann de commander à sa femme de réaliser les meilleurs Schnitzels qu'elle pût, mais sans y ajouter quoi que ce soit. Là encore le pauvre Tillmann fut embêté, des Schnitzels sans accompagnement seraient un peu secs et ils ne sauraient être appréciés comme il se doit. Mais le Diable insista à nouveau et on lui servit deux Schnitzels bien seuls au milieu d'une assiette bien vide. Monsieur Tillmann peiné, pria son hôte d'accepter au moins qu'il lui offre la bière ou son meilleur vin pour accompagner son repas. Le Diable refusa poliment et voulut qu'on le laissât déguster tranquillement ses Schnitzels. Une fois son repas terminé, le Diable s'essuya la bouche délicatement et remonta sans un mot dans sa chambre.

L'histoire se propagea dans toute la ville et bien sûr, les moqueries ne retinrent seulement que les Schnitzels de madame Tillmann étaient si laids qu'on ne pouvait les manger que dans le noir de peur d'être dégouté et que le seul accompagnement digne d'accommoder ce plat, était l'odeur des toilettes. Madame Tillmann en pleura toute la nuit et son mari eut grand peine à la consoler. Quatre compères, amateurs de bonne chère et plus encore de bière, attirés par l'histoire et voulant passer un moment de franche rigolade, s'étaient mis en tête de dîner chez les Tillmann, en imitant ce curieux personnage.

Le deuxième soir, le Diable descendit à nouveau dans la salle pour y dîner. Monsieur Tillmann se précipita pour l'exhorter à choisir une meilleure table et qu'aujourd'hui, il lui offrirait des Schnitzels dignes de son hôte sans qu'il n'eût à débourser le moindre sou. Le Diable refusa tout net en arguant que cette fois-ci il ne mangerait pas de Schnitzels. Monsieur Tillmann fut soulagé. Cependant ce soulagement ne dura pas longtemps. Le Diable lui commanda alors que sa femme réalise le meilleur accompagnement qu'elle pouvait pour les Schnitzels et que celui-ci serait son seul plat.

Monsieur Tillmann s'offusqua. Il ne serait pas honnête, ni pour lui, ni pour sa femme de ne servir qu'un accompagnement et que si c'était une question d'argent, il lui offrait le repas pour les trois jours qu'il restait ici afin qu'il dînât correctement. Le Diable le remercia très poliment mais refusa sa proposition tout en posant sur la table cinq pièces d'or qui couvraient amplement le prix du gîte et du couvert de son séjour. Puis le Diable exigea à nouveau qu'on l'installât à la même place. Il ne pouvait en être autrement.

Les quatre compères, bien peu aimables et fort bruyants, exigèrent du pauvre monsieur Tillmann qu'on les plaçât, eux aussi, au plus près des toilettes. Ils commandèrent ensuite des Schnitzels sans le moindre accompagnement et beaucoup de bière, prétextant que l'alcool leur ferait oublier le goût infâme des Schnitzels. De retour aux cuisines, monsieur Tillmann indiqua à sa femme ce que les hôtes avaient commandé. La pauvre femme éclata en sanglots jurant qu'il était impossible pour elle de réaliser de tels plats. Monsieur Tillmann, qui connaissait les talents de sa femme, la consola et lui dit alors que s'il y avait une personne sur terre capable de réaliser un tel accompagnement, ce ne pouvait-être qu'elle. Il sécha ses larmes et l'enjoignit alors à réaliser une sauce aux champignons car en cette saison ceux-ci avaient un parfum presque magique.

Madame Tillmann mit tout son cœur à l'ouvrage et réalisa le meilleur accompagnement qu'elle n'eût jamais fait.

Les compères furent servis en premier. Ceux-ci firent d'abord beaucoup de bruit afin d'être remarqués de tous puis dénigrèrent les Schnitzels en prétextant ne pas vouloir les goûter tant leur apparence les repoussait. Ils firent beaucoup de plaisanteries sur le sujet ce qui mit mal à l'aise le pauvre monsieur Tillmann et beaucoup de ses hôtes. Celui-ci les pria de faire moins de bruit car cela dérangeait les autres clients. Mais au lieu de se calmer, les compères redoublèrent de vivacité et enchaînaient les plaisanteries douteuses et nauséabondes. Au final, les Schnitzels des quatre compères terminèrent dans les toilettes sans qu'aucun d'eux n'y goûtât.

Monsieur Tillmann alla s'excuser auprès du Diable du comportement de ces quatre malotrus mais celui-ci n'en fut pas gêné. L'aubergiste proposa néanmoins de le changer de table, il serait bien plus tranquille pour dîner. Le Diable à nouveau refusa et demanda à ce qu'on lui serve l'accompagnement qu'il avait commandé ; il avait assez attendu.

On apporta alors au Diable la sauce aux champignons de madame Tillmann. Le Diable, tout d'abord surpris de voir dans cet accompagnement des champignons, entreprit tout de même, de déguster la sauce au milieu des moqueries et des odeurs. Finalement, il ne laissa aucune trace dans son assiette. Et comme la nuit dernière, il se leva sans un mot et remonta silencieusement dans sa chambre. Les quatre compères n'en pouvaient plus de se moquer et leur stock de plaisanteries vulgaires sur la cuisine de madame Tillmann semblait inépuisable.

Madame Tillmann pleura beaucoup cette nuit-là et son mari désespérait de ne plus savoir comment la réconforter.

Le troisième soir, le Diable descendit de fort bonne humeur. La bonne mine de son hôte réjouit l'aubergiste qui l'accueillit de manière fort joviale. Cette fois, le Diable lui annonça qu'il mangerait ses Schnitzels à condition que sa femme ne les lui serve qu'accommodés de la même sauce que la veille. Monsieur Tillmann était si heureux qu'il proposa à son hôte de lui servir son meilleur vin, celui qu'il réservait pour les grandes occasions. Le Diable le remercia et accepta tout aussi poliment que d'habitude. Cependant, il émit une nouvelle condition. Il souhaitait pouvoir manger dehors car ce soir il soufflait un vent d'Ouest. Or celui-ci charriait avec lui les odeurs nauséabondes du fleuve qui associées aux parfums des égouts et du crottin de la rue ne pouvaient qu'être meilleure chose pour déguster de tels Schnitzels. Monsieur Tillmann, consterné, s'exécuta et installa son hôte à l'extérieur. Bien sûr, les quatre compères, qui pour rien au monde n'auraient raté un tel spectacle, exigèrent la même chose en se gaussant et dénigrant la nourriture.

Madame Tillmann s'appliqua à nouveau en cuisine et prépara les Schnitzels en les accommodant de la sauce aux champignons. Monsieur Tillmann, comme il s'y était engagé, alla chercher son meilleur vin. Ce fut même madame Tillmann qui apporta elle-même les plats à ses hôtes, voulant voir de ses yeux l'homme qui l'avait fait tant pleurer.

Le Diable découpa lentement ses Schnitzels en petit bouts et chaque bouchée qu'il portait à sa bouche, semblait lui procurer une telle extase qu'il avait du mal à le dissimuler. À coté, les compères pouffaient, se gaussaient, se moquaient et riaient à pleins poumons, jetant par là des morceaux de Schnitzels, renversant par ici de la sauce et buvant verre après verre. Les plaisanteries allaient bon train, comparant la sauce au purin et les Schnitzels au crottin, et que nul endroit n'était meilleur que les égouts ou les toilettes pour déguster ce plat dont tout le monde se délectait.

Le Diable termina ses Schnitzels et but le verre de vin que lui tendit l'aubergiste, ce qui sembla le satisfaire. Les quatre compères jouaient maintenant à lancer des bouts de Schnitzels sur les Tillmann comme des enfants mal élevés. Le Diable se leva et leur lança un regard tel qu'ils furent pétrifiés dans l'instant. Les Tillmann n'osaient plus bouger, terrifiés à l'idée que la même chose ne leur arrivât. Le Diable sourit alors au couple, car le Diable sait aussi sourire, et leur expliqua que « nul n'a le droit de critiquer ce qu'il n'a pas déjà goûté » et que « le meilleur plat du monde résistait toujours aux pires endroits ». Le couple en tremblait encore, aussi, le Diable affirma à madame Tillmann qu'elle n'avait pas à rougir de sa cuisine et que la réputation de ses Schnitzels était bel et bien une vérité.

Depuis ce temps, on peut voir sur la devanture du restaurant, la tête des quatre compères, condamnés à regarder les convives se régaler sans jamais plus pouvoir goûter aux Schnitzels ou quoi que soit d'autre. Aussi, si vous passez du côté de Bad Honnef et que vous voulez vérifier par vous-même, vous trouverez le restaurant et ses quatre compères pétrifiés pour l'éternité sur la grande place du marché, au Markplatz 1, très exactement. Et même si le temps a passé, méfiez-vous que le Diable n'y séjourne pas de temps en temps pour se délecter les papilles de quelques Schnitzels assortis d'une succulente sauce aux champignons.

Table des matières

Le briseur de rêves 3

Crise d'ado 15

La fontaine de la vérité 25

Le marchand d'histoires........................35

La cuvée de Jupp 45

Le souffleur des âmes............................55

Le chronographe 65

La cloche d'airain 79

Les trois petits ramoneurs.....................97

Les Schnitzels du Diable.......................107

DU MÊME AUTEUR

* * *

Série Neuf Mondes

Tome 1 — Le secret de la dernière rune
Tome 2 — La confrérie de l'ombre
Tome 3 — Les épées maudites (à paraître)

* * *

http://serie9mondes.wixsite.com/site

Dessins et mise en page :
Landry Miñana

ISBN : 978-23-220-9132-4

Éditeur :
BoD-Books on Demand
12/14 rond point des Champs Élysées
75008 Paris, France

Impression :
BoD-Books on Demand,
Norderstedt, Allemagne

Dépôt légal : décembre 2018

© 2018 Landry Miñana